Amber Auburn
Wolfspack - Academy of Shapeshifters

Amber Auburn

WOLFSPACK

ACADEMY OF SHAPESHIFTERS

EPISODE 2

Fantasyserie

Kontakt über:
Mainwunder Agentur für kreative Kommunikation
Heinreich-Heine-Str.13
63303 Dreieich (Kreis Offenbach am Main)

1. Auflage
Lektorat: Marlies Lüer, www.silberworte.de
Coverdesign: Juliane Schneeweiss, www.juliane-schneeweiss.com
Junge © depositphotos.com/Subbotina
Wolf © depositphotos.com/karlumbriaco
Grafiken © depositphotos.com/yyanng

Druck: CreateSpace
Amazon Media EU S.à r.l.
5 Rue Plaetis
L-2338 Luxembourg

ISBN-13: 978-1532941597
ISBN-10: 1532941595

Du gehörst zu mir, Lena.

Ich spürte es noch immer - das leichte Kribbeln in meinem Bauch, allein bei dem Gedanken daran, wie er mich berührt hatte. Und dann noch seine Worte: *Du gehörst zu mir, Lena.*

Wie konnte ein Junge nur eine solch schöne Stimme haben? Sie war genau richtig, weder zu hoch noch zu tief, sanft, aber selbstbewusst. Kurzum, perfekt.

»Erde an Lena, jemand zuhause?!« Rajani fuchtelte mit der Hand vor meinem Gesicht herum.

»Was?!« Erschrocken und mit hochrotem Kopf sah ich sie an. Im gleichen Augenblick stolperte ich über eine Wurzel.

Rajani packte mich, mit mehr Kraft als ich ihr zugetraut hätte, und bewahrte mich somit vor der Peinlichkeit, zu Boden zu gehen. Wir waren keine zehn Meter weit gekommen. Janis konnte mich also noch sehen.

»Dich hat es ganz schön erwischt, hm?«

»Erwischt?« Ich kam mir ziemlich ertappt vor.

Rajani zeigte ihre geraden weißen Zähne. Es war mehr eine Grimasse, als ein Lächeln.

»Deine Wangen haben ungefähr die Farbe deiner Haare.«

»Oh nein.«

Hoffentlich hat er das nicht gesehen!

Mit dem Handrücken prüfte ich die Hitze, die ich mittlerweile auch auf Stirn, Lippen und Ohren fühlte. Schlagartig erinnerte ich mich daran, wieso ich in der Vergangenheit nicht viel Glück mit Jungs gehabt hatte. Jedes Mal, wenn ich versucht hatte, jemanden anzusprechen oder auf Annäherungsversuche zu reagieren, war genau das passiert. Mein Kopf nahm die Farbe einer Tomate an und aus meinem Mund kamen nur Stammellaute, gemäß dem Fall, ich bekam ihn überhaupt auf.

»Entspann dich, Lena, der Wolf ist längst weg.«

Hastig sah ich mich um. Rajani hatte Recht; Janis war nicht mehr zu sehen. Vor Viktors Hütte standen nur zwei der Wächter.

»Wolf? Also ist er auch ein ... Can?«

»Natürlich. Wieso sonst hätte er dich in seinem Rudel willkommen geheißen?«

»Rudel? Was?«

»Ach Lena.« Rajani stieß mich spielerisch in die Seite. »Du bist ja noch schlimmer als ich mit den Jungs.

Und ich habe mir in meinen ersten Tagen, angesichts so vieler nackter Oberkörper, beinahe in die Hose gemacht.«

»Was war das nochmal mit Janis und ... einem Rudel?«

»Er ist der Alpha der Can. Das hat er dir doch eben gesagt.«

Ich versuchte, mich an den genauen Wortlaut zu erinnern, neben seinen schönen Augen, der feinen Haarsträhne, die ihm so unsagbar sexy in die Stirn gefallen war und seinen Händen auf meiner Haut. Doch das Einzige, an das ich mich erinnern konnte, waren die Worte: *Du gehörst zu mir, Lena.*

»Das hat er nicht ...«

»Natürlich hat er das.« Rajani lachte und hakte sich bei mir ein. »Freu dich. Du bist jetzt eine Can und unterstehst seinem Kommando. Wenn ich mir dich so ansehe, glaube ich kaum, dass du damit ein Problem hast.«

Ich wusste nicht, was ich sagen sollte. Janis, der Anführer des Rudels? Das war zu schön, um wahr zu sein. Ich stellte mir vor, wie er vor einer Gruppe Can stand und Befehle erteilte.

Dabei war er genau so sanft und verständnisvoll wie zu mir. Doch was, wenn er das gar nicht war? Wenn er als Anführer erst noch sein wahres Gesicht zeigte - herrisch und skrupellos? Allein der Gedanke daran bescherte mir eine Gänsehaut.

»Kennst du Janis näher?«, erkundigte ich mich und ignorierte dabei das Zittern in meiner Stimme. Es war mir ziemlich peinlich, wie mädchenhaft ich mich benahm.

»Ich? Nein. Ich bin eine Fel, schon vergessen? Ich kenne keinen der Can, außer dir natürlich.« Rajani grinste mich noch immer an.

»Habt ihr Fel auch ... einen Alpha?«

Rajani lachte herzhaft, als sie die Tür zu unserer Hütte aufstieß.

»So eine Frage kann auch nur eine Can stellen! Erstklassig!«

Sie kriegte sich gar nicht mehr ein und kicherte auch dann noch, als wir gemeinsam am Fenster standen und hinaussahen. Auf dem Übungsplatz, nahe unserer Hütte, trieben sich eine Menge Schüler herum, die ich nicht zuordnen konnte. Ich glaubte mittendrin den hellbraunen Haarschopf von Zofia zu erkennen, war mir aber nicht sicher. Gedankenversunken versuchte ich, die Brille höher auf meine Nase zu schieben, und bemerkte dann, dass ich sie gar nicht aufhatte.

Stimmt ja, die brauche ich nicht mehr ...

Rajani war noch immer gedanklich bei meiner letzten Frage und amüsierte sich prächtig - auf meine Kosten.

»Der Alpha der Fel, Lena, du bist witzig. Das muss ich gleich Noel und den anderen erzählen. Die werden sich totlachen. Haha.«

»Eigentlich war das eine ernstgemeinte Frage«, gestand ich und wartete darauf, dass sie erneut laut auflachen würde.

»Dann antworte ich dir nun genau so ernst.« Rajani drehte mich an der Schulter zu sich, so dass ich sie ansehen musste, »Wir Katzen sind Einzelgänger, Lena, es gibt niemanden, der uns Befehle erteilt.«

»Aber ihr seid doch eine Gruppe, oder?«

»Nicht so wie du denkst.« Rajani zeigte auf die Schüler vor dem Fenster. »Siehst du die da? Das sind alles Can. Sie hocken immer auf einem Haufen, egal ob der Alpha dabei ist oder nicht. Es gibt sehr strikte Rudelstrukturen. Jeder nimmt einen Platz in der Gruppe ein, angefangen vom Boss, bis zum Prügelknaben. Es gibt Begriffe dafür, wie Alpha, Beta, Gamma und so weiter.«

Ich versuchte, Rajanis Worten zu folgen, doch für mich sahen die Can immer noch aus wie ein Dutzend Schüler, die, wie auf einer Hofpause, blöd herumstanden und quatschten. Keine Spur von Rudelstrukturen oder Hierarchien.

»Wie funktioniert das denn genau mit diesen Strukturen?«

»Ich weiß auch nichts Genaueres; außer, dass sich ein Neuling - wie du - erst im Rudel beweisen muss. Du fängst also ganz unten an.«

»Wie beruhigend ...«, murmelte ich und hoffte, dass der Rest der Can ebenso freundlich und zuvorkommend wie Janis sein würde. Doch ehrlich gesagt, glaubte ich nicht daran. Viel zu lange hatte ich die Gruppen und kleinen Gangs in meiner Schule beobachtet. Mit den fiesen Anführerinnen, den dummen Mitläuferinnen und den noch dümmeren Anwärtern, die hofften, irgendwann aufgenommen zu werden und doch nur mit dem Kopf im Klo endeten.

»Wenn du Glück hast, steigst du in der Mitte ein.«

»Wenn ich Glück habe, gehört der Fuchs ab sofort zur Familie der Katzen.« Seufzend wandte ich mich ab.

»Ach Lena, so schlimm wird es schon nicht. Du hast doch mich.« Sie stupste mich an, was mich für einen kurzen Augenblick wirklich an eine Katze erinnerte.

»Du glaubst gar nicht, wie froh ich darüber bin, nicht mit diesem Wolfsmädchen in einer Hütte schlafen zu müssen.«

»Du meinst Miss Ich-bin-wichtig-und-ach-so-gefährlich, Zofia?« Rajani zeigte nach draußen.

Ich folgte ihrem Blick und entdeckte besagtes Wolfsmädchen auch sofort. Sie stand auf der Lichtung, umringt von einigen Jungs, die so aussahen, als würden sie jeden Augenblick demütig vor ihr in den Staub fallen.

»Welchen Rang sie wohl im Rudel innehat?«, fragte ich, mehr zu mir selbst als zu Rajani.

»Keine Ahnung, sehr weit oben, schätze ich mal. Eine Beta oder so. Frag mich nicht.«

»Und bei euch Fel ...? Wie läuft das da?«

»Freier und Gefährlicher.« Rajani zuckte mit den Schultern, was in meinen Augen keine angemessene Reaktion war.

»Gefährlicher?«

»Natürlich. Da es keinen Chef gibt, kommt es immer wieder zu Streitereien und Kämpfen. Einzig Viktor ist in der Lage, uns ein bisschen zu zähmen.«

»Also ist er euer Anführer?«

»Wenn es einen gäbe, dann wäre er es wohl.«

»Und du? Musst du ständig kämpfen?«

»Ich? Quatsch! Ich bin eines von wenigen Mädchen. Die Jungs sind nicht so blöd mich anzugreifen.«

»Also lassen sie dich in Ruhe?«

»Mehr als das, sie helfen mir und tun alles, damit es mir gut geht. Nun, zumindest die meisten.«

Das war etwas, das ich unbedingt mal sehen musste. Rajani zwischen ihren Katzenmännern, das konnte ich mir gut vorstellen.

Sie war ein wirklich hübsches Mädchen und, im Gegensatz zu Zofia, liebenswert und nett. Die Typen mussten Schlange bei ihr stehen.

»Hast du ... einen Freund?«, wagte ich mich voran und bekam dafür ein wissendes Augenbrauen-Hochziehen als Antwort.

»Du hoffst darauf, damit wir mal ein Doppeldate im Mondschein machen, mit dir und Mister *eisblaue Augen*?!«

»Wer?«

»Janis natürlich! Komm schon, Lena, jeder Blinde würde erkennen, dass du auf ihn stehst.« Rajani grinste so breit, dass ich für einen Moment fürchtete, der *Joker* persönlich würde vor mir stehen.

»Wie kommst du jetzt auf ihn?«

»Nur so.« Sie stupste mich in die Seite. »Ich finds toll, dass du dich verknallt hast. Endlich mal eine richtige Mitbewohnerin.« Ich musste wohl fragend aussehen, denn Rajani erzählte gleich weiter: »Meine Letzte war da ganz anders. Sie war genau so verschlossen wie viele andere Fel und hat so gut wie nie gesprochen. Sie war eine begabte Wandlerin, hat schnell gelernt und ihre Form bald beherrscht. Etwas zu schnell, wie einige sagen.«

»Was ist aus ihr geworden?«

»Sie hat das Camp verlassen, vor ein paar Wochen.« Rajani sah sich verschwörerisch um und sprach deutlich leiser weiter. »Um ehrlich zu sein, weiß niemand der Schüler wirklich, wieso sie gegangen ist. Die offizielle Erklärung war, dass sie in ein abgeschiedenes Camp gezogen ist, für die besonders begabten Schüler. Schwachsinn, wenn du mich fragst. Ich glaube eher, da ist was passiert.«

»Und was?«

Rajanis Augen wurden ganz groß.

»Das Tier in ihr hat sich gegen sie gewandt.«

»Du meinst ... sie hat den Kampf verloren?«

»Das wäre möglich.«

Ich musste kurz schmunzeln, angesichts ihres Gesichtsausdrucks. Tante Rita, als selbst ernannte Klatschtante, war nichts gegen Rajani. Ich wusste, dass ich von nun an jeden Tag über alles im Camp informiert sein würde. Das gab mir ein wenig Sicherheit.

»Wie geht es jetzt eigentlich weiter?«

»Was meinst du?« Rajani war wieder dazu übergegangen, die Can auf der Lichtung genau zu beobachten.

»Wie und wann lerne ich den Fuchs in mir ... oder so ähnlich ... zu kontrollieren?«

»Dein Training beginnt morgen. Viktor hat heute zu tun und er möchte persönlich damit anfangen, da es ... etwas schwierig werden könnte.«

Es war nicht das erste Mal, dass man mich *schwierig* nannte. Dennoch hörte es sich, gerade aus Rajanis Mund, nicht gut an.

»Du hast meine Fragerei bestimmt längst satt. Aber ... was meinst du damit?«

»Vergiss es. Ich rede zu viel. Du bist gerade erst angekommen. Ruh dich aus, sieh dir das Camp an. Aber bleib in der Nähe der Hütten.« Rajani hüpfte vom Tisch.

»Ich muss los. Hab gleich Klettertraining.« Sie schnappte sich ihre khakifarbene Jacke und schlüpfte hinein. »Bis später.«

Schon war sie draußen und hinterließ nicht nur eine

bedrückende Stille im Raum, sondern auch ein flaues Gefühl in meinem Magen. Sie war keine gute Schauspielerin und hatte es geschafft, mir die Sicherheit, die ich vor kurzem noch verspürt hatte, wieder zu nehmen.

Es dauerte geschlagene zehn Minuten, ehe ich genug Mut gefasst hatte, um die Hütte zu verlassen. Ich war von Natur aus zurückhaltend. Das darf man nicht mit Ängstlichkeit verwechseln. Ich konnte richtig mutig sein, wenn es darauf ankam. Doch neue Orte und fremde Menschen waren mir schon immer suspekt gewesen. So war es auch kein Wunder, dass ich mich anfangs noch sicher zwischen den dichtstehenden Hütten und Bäumen bewegte und alles beobachtete, bevor ich ins Sonnenlicht trat und sofort die Aufmerksamkeit einiger Schüler auf mich zog.

Drei Jungs lehnten keine fünf Meter entfernt an einem Baum und sahen zu Zofia und ihren Lakaien hinüber, die wie in einer Schlachtenformation ihre Runden um den Platz in der Mitte der Lichtung drehten, auf dem sich zwei andere mit geduckter Haltung umkreisten. Aus der Ferne sah es aus wie ein Tanz. Meine Lust, auf Zofia zu treffen, hielt sich zwar in Grenzen, doch wollte ich endlich den Rest der Can kennenlernen, um zu wissen, mit wem ich es zu tun hatte. Aber vor allem, um es hinter mir zu haben.

Ich hatte gerade die Lichtung betreten, da erspähte mich einer der drei Jungs am Baum. Mit einer einzigen geschmeidigen Bewegung stieß er sich vom Stamm ab und schlich auf mich zu. Seine Bewegungen waren gleichermaßen elegant und lachhaft. Er war eindeutig ein Feliformia und viel mehr Katze als Rajani. Er hielt seinen Kopf unten und fixierte mich aus hellen Augen, während er sich vor mir aufbaute. Freundlichkeit sah anders aus.

»Was starrst du so?«, zischte er, mit britischem Akzent.

»Ich ... starre nicht.« Mein Versuch, Kontakt zu den Can herzustellen, wurde vereitelt, als seine zwei Begleiter auftauchten und mich einkreisten.

»Sie riecht nach nassem Hund«, sagte ein kleiner, rotgesichtiger Junge, der mir nur bis zum Kinn ging und trotz seiner Größe bedrohlich wirkte. Sein Gesicht war vor Ekel verzogen.

»Sie sollte sich waschen«, schlug der Dritte vor, hager und mit schiefer Haltung.

»Das wird ihr nicht helfen. Angstschweiß rieche ich über Kilometer«, knurrte der Größte, mit dem Körper eines Athleten, und riss die Augen noch etwas mehr auf. »Du solltest lernen, sie zu verbergen, kleine Can. Sonst wirst du den Tag nicht überleben.«

Ich schluckte schwer. Wenn das die netten Fel-Typen sein sollten, von denen Rajani erzählt hatte, war ich doch froh, eine Can zu sein.

»Du stinkst vor Angst, Fuchsmädchen.«

»Und vor Furcht«, fügte der Lange hinzu. Woraufhin der offensichtliche Anführer ihm einen mahnenden Blick zuwarf.

»Wenn ich rede, hältst du die Klappe, Ondrej.«

»Du hast gesagt, sie stinkt vor Angst. Da habe ich *Furcht* hinzugefügt.«

»Das ist dasselbe, du Idiot!«, fuhr er den dürren Jungen an, dessen Gesicht genau so schief, wie seine Schultern war. Und erst die abstehenden Ohren ...

»Wann kapierst du es, dass du dich nicht einmischen sollst?!«

»Ich wollte nur helfen.«

»DAS ist deine Hilfe wert!«

Ich erschrak, als der Anführer ausholte und ihm mitten ins Gesicht schlug. Es ging alles so schnell, dass ich es nicht genau verfolgen konnte. Doch anhand der vier Kratzspuren, die auf der Wange des langen Jungen zurückblieben, schloss ich, dass ich es richtig gesehen hatte. Die Hand des Anführers hatte sich innerhalb von Bruchteilen einer Sekunde in die Pranke einer Katze verwandelt und wieder zurück. Wie von Zauberhand. Wie hatte er das gemacht?

»Hältst du jetzt die Klappe?!«, knurrte der große Anführer den dürren Jungen an, der den Kopf abwandte, darauf bedacht, ihm nicht in die Augen zu sehen.

Der kleine rotgesichtige Junge dagegen stierte mir fortwährend ins Gesicht und machte seltsame Lippenbewegungen, ganz so als würde er fauchen. Was absolut schwachsinnig aussah. Richtig ernst konnte ich ihn nicht nehmen.

»Ich muss dann mal los«, kam es überraschend selbstbewusst aus meinem Mund. Ich wollte gerade an dem Kleinen vorbeihuschen, da schnellte der Kopf des blonden Anführers in meine Richtung. Er ließ von seinem Kumpel ab und drängte mich zurück in den Schatten.

»Nicht so schnell, Fuchsmädchen.«

»Lass sie nicht entkommen, Jeff«, feuerte der Kleine ihn an. Zu dritt trieben sie mich zu den Hütten. Ich wusste, dass es keinen Sinn machen würde davonzulaufen. Eine Diskussion kam ebenfalls nicht infrage. Um Hilfe schreien sowieso nicht. Was also tun?

»Du wirst dir noch wünschen, nie hergekommen zu sein.« Jeff, oder wie auch immer er hieß, ließ seine Augen aufleuchten. Ich konnte schon die ersten dunklen Flecken auf seiner Haut erkennen - erste Anzeichen der Wandlung - als ich plötzlich hinter dem kleinsten Fel eine Gestalt wahrnahm.

»Gibt es ein Problem?«, fragte ein pausbäckiger Junge, der ebenso breit, wie dick war - ein Koloss, ähnlich Viktor.

»Wir kriegen Besuch«, fauchte der rotgesichtige Junge und stieß warnend seinen Anführer an, der daraufhin von mir abließ und in eine drohende Haltung überging.

»Verschwindet, Can. Das geht euch nichts an!«

»Ich denke doch.« Der große Junge sah kurz zu mir hinüber und lächelte. »Sie gehört zu uns.«

Ich fühlte sofort Erleichterung.

»Holt sie euch doch«, fauchte der lange Junge und holte nach vorne aus. Meinem Retter schien das nicht zu imponieren, er zuckte nicht mal mit der Wimper und stand nur da, wie ein Fels in der Brandung. Flankiert wurde er von zwei weiteren Jungs, die sehr viel cooler wirkten als jeder der Fel, selbst ohne Drohgebärden.

»Hat da wieder jemand die Käfige offengelassen?«, fragte der Junge links von ihm, mit langem braunen Haar und ernstem Gesichtsausdruck.

»Gibs ihnen, Matteo«, feuerte ihn der Junge ganz rechts an, dessen rote Wuschelhaare in alle Richtungen abstanden.

»Hat euch das letzte Mal nicht gereicht?« Matteo sah ziemlich finster drein. Er war sicher niemand, mit dem man sich anlegen sollte. Zum Glück gehörte er zu den Can. Die drei Katzenjungs schienen nicht beeindruckt und bauten sich noch immer vor mir auf. Ich dachte kurzzeitig darüber nach, einfach wegzulaufen, doch wollte ich die Can-Jungs nicht in Gefahr bringen und die Situation war auch so schon angespannt genug.

»Ich erinnere mich gut an das *letzte Mal*«, säuselte Jeff, der Anführer der Fel, und ich konnte sehen, dass Matteo sich immer mehr anspannte. »Ihr habt gegen uns verloren. Zum dreizehnten Mal in Folge. Meinst du dieses *letzte Mal*?«

»Wovon spricht er?«, fragte der Wuschelkopf.

»Unwichtig. Sie haben keine Chance gegen uns und das wissen sie«, antwortete Matteo.

Der dicke Junge ging einen Schritt auf die Can zu und seine Begleiter taten es ihm gleich. Die Anspannung wuchs.

»Ihr habt verloren, so wie ihr es immer tut. Hier auf dem Platz könnt ihr gerne gewinnen, wen interessiert das schon.« Ich konnte Jeff nur von hinten sehen, dennoch hatte ich sein fieses Grinsen direkt vor Augen. Er provozierte sie mit Absicht.

»Halt mich zurück, Welpe, es sei denn du willst Fel-Gulasch zum Abendessen.« Matteo knurrte so laut, dass ich es selbst aus zwei Meter Entfernung hören konnte.

Der rothaarige Wuschelkopf kam daraufhin an seine Seite, eine Hand auf seiner Brust.

»Habt ihr nichts Besseres zu tun, als neue Rekruten zu ängstigen?!«, fuhr er dann die Fel an.

Der beleibte Junge in der Mitte brachte sie mit Handzeichen zum Schweigen und sah dann von oben herab auf die Fel. Die drei Katzenjungen standen noch immer in Angriffshaltung vor mir. Doch ich war mir sicher, dass ihre Drohungen nicht mehr als heiße Luft waren.

»Komm her, Lena. Sie werden dir nichts tun«, lächelnd winkte der dicke Junge mich zu sich.

Ich wagte es daraufhin, mich an den Fel vorbeizuschieben, die meinen Abgang mit Argusaugen verfolgten. Auch wenn sie keine Anstalten machten, uns zu folgen, blieb das ungute Gefühl, verfolgt zu werden. Selbst dann noch, als wir die anderen Can in der Mitte der Lichtung erreichten, die ihre Übungen fortführten. Ich hatte erwartet, von ihnen angestarrt zu werden - wie ein seltenes Tier im Zoo. Doch sie nahmen kaum Notiz von mir. Die meisten nickten meinen Rettern zu, die offenbar ein hohes Ansehen genossen, denn ich beobachtete, wie man vor ihnen zurückwich.

Ich sah noch einmal zurück zu den Fel, die wieder Posten an einem Baum bezogen hatten und in unsere Richtung starrten.

»Nimm es ihnen nicht übel. Denen ist oft langweilig«, kommentierte der Wuschelkopf meinen Blick.

»Sie sind einfach hohl«, sagte Matteo und schob mich weiter.

»Das auch. Und eifersüchtig, dass Lena zu uns gehört. Sie haben nicht viele hübsche Mädchen bei sich.«

Ich schmunzelte angesichts dieses Kompliments und versuchte, dem rothaarigen Jungen ein Alter zuzuordnen. Doch es war schwierig, weil das kindliche Leuchten in seinen Augen nicht so recht zu den restlichen Zügen passen wollte.

»Ihr seid aber alle Can, oder nicht?«, fragte ich dann an den langhaarigen Jungen gewandt, der daraufhin verächtlich schnaubte.

»Dumme Frage.«

»Ja, alle die hier trainieren, gehören zum Rudel«, erklärte der Rothaarige.

»Und du nun auch.« Ich sah hinauf in das runde Gesicht des dicken Jungen, dessen braune Augen mir bekannt vorkamen.

»Du ... warst der Bär«, schloss ich, noch bevor er die Chance hatte, etwas zu sagen. Seine dicken Backen verdeckten die kleinen freundlichen Augen beinahe vollkommen, als er zu grinsen begann.

»Ich hoffe, du bist mir nicht böse.« Seine Stimme klang ebenso warm und freundlich, wie er aussah. Kaum zu glauben, dass er der große gefährlich wirkende Bär aus der Arena gewesen war.

»Nein, gar nicht«, antwortete ich und versuchte mich ebenfalls an einem Lächeln. Es gelang nicht richtig, war aber ein Anfang.

»Ich bin Benjamin, aber alle nennen mich Ben, der Bär.«

Ich nickte.

»Das sind Matteo und Finn, langjährige Mitglieder des Rudels, sie werden die Ersteinteilung vornehmen. Ich muss leider weiter. Wir sehen uns später.«

»Ersteinteilung?« Ich fürchtete, erneut einen Tigerkampf im Erdloch führen zu müssen.

Doch Ben war schon weg. Stattdessen stellte sich der langhaarige Matteo vor mich und verzog keine Miene. Der Wuschelkopf Finn war so nett, mich aufzuklären.

»Jedes Mitglied des Rudels hat seine Aufgaben und nimmt einen Platz ein, der seinem Wesen und seinen Fähigkeiten entspricht. Da wir dich noch nicht kennen, können wir schwer einschätzen, wohin du gehörst. Bei der Ersteinteilung weisen Matteo und ich dir deswegen einen vorläufigen Platz zu.«

Ich hatte diese Tests und Einstufungen langsam satt, sagte aber nichts weiter dazu, außer: »Ich bin bereit.«

Ich erwartete, dass sie mir Fragen stellen würden. Vielleicht meine Muskulatur prüften oder mich auf eine andere Weise testeten. Stattdessen sahen sie mich nur an - stumm wie Fische.

Finn betrachtete mich voller Neugier, seine Augen ruhten auf meinem Gesicht. Als würden sie mich abtasten, wanderten sie von meiner Stirn bis zum Kinn und wieder hinauf. Ich hob erwartungsvoll eine Augenbraue, doch er reagierte nicht. Der direkte Blickkontakt mit Matteo hingegen war mir unangenehm. Obwohl er nicht feindselig wirkte, hatte es doch etwas Bedrohliches an sich, wie er mich anstarrte. Obwohl sie beide gleich weit von mir entfernt standen, hatte ich das Gefühl, dass Matteo mich mit seinem Körper verdrängen wollte. Er bewegte sich nicht, er blinzelte nicht mal, stattdessen bohrte sich sein Blick in meine Augen und ich sah kurz zu Boden. Das war der Moment, in dem sich beide unabhängig voneinander bewegten, als hätte ihnen jemand erlaubt, sich lässiger hinzustellen.

»Sie gehört dir, Welpe«, sagte Matteo dann und ging, ohne mich eines weiteren Blickes zu würdigen.

»Was war das denn?«, fragte ich und sah ihm kurz nach.

»Der Test ist vorbei. Glückwunsch, du bist eine Gamma.«

»Das wars schon?«

»Jepp. Fürs Erste.«

Erstaunt sah ich Matteo nach. Er stieß zu einer Gruppe Jungs, die uns die ganze Zeit beobachtet hatten, bekam anerkennende Schulterklopfer und sah kurz zurück. Selbst aus der Entfernung konnte ich den überheblichen Zug um seinen Mund erkennen. Ich war froh, dass er zu den Can gehörte und doch warnte mich irgendetwas an ihm zur Vorsicht.

»Ich habe gegen ihn verloren, stimmts?«, wandte ich mich wieder Finn zu.

Dieser sah mich überrascht an. »Du bist die Erste, die das bemerkt.«

Ich schnaubte kurz und schüttelte die Haare. Es ärgerte mich, dass ich schon wieder Opfer meiner eigenen Unsicherheit geworden war und den Sinn des Tests zu spät erkannt hatte. Ich hatte genug Bücher über Tiere und deren Verhalten in der Gruppe gelesen, um zu wissen, dass nicht nur körperliche Kraft, sondern vor allem mentale Stärke ausschlaggebend für den Rang in einem Rudel waren.

Matteo hatte mich - gelinde gesagt - an die Wand gestarrt.

»Also eine Gamma ... was bedeutet das genau?«, fragte ich Finn, der ebenso mit dem Wind und seinen zerzausten Haaren zu kämpfen hatte wie ich.

»Das ist nichts Schlimmes, Lena, viele im Rudel sind Gammas. Die meisten, um genau zu sein. Du gehörst sozusagen zum starken Mittelfeld.« Er versuchte, mich mit einem Lächeln zu überzeugen.

Doch das Gefühl, verloren zu haben und wieder einmal vom schwächeren Team in die Mannschaft gewählt worden zu sein, war zu stark, um es zu ignorieren. Es erinnerte mich schmerzhaft daran, wieso ich mich in der Vergangenheit aus allen Gruppen und Cliquen herausgehalten hatte.

»Mittelfeld klingt gut«, sagte ich, wenig überzeugend, und folgte Finn zu einer Gruppe Can, die am Rande der Lichtung Pause machte und sich auf dem Boden suhlte, wie Kinder auf einer Wiese - unbeschwert und glücklich. Niemand von ihnen schien damit ein Problem zu haben, zum Mittelfeld zu gehören. Ganz im Gegenteil, sie empfingen mich freundlich, lachten und scherzten über die Fel. Finn schien so etwas wie der Anführer von ihnen zu sein, denn er plusterte sich ganz schön auf, als er von den drei Katzenjungen erzählte, die versucht hatten, mich zu ängstigen. Ich wusste, dass es keinen Grund gab, sich schlecht zu fühlen. Ich war nun ein Teil des Rudels, gehörte zu den Gammas - einer wirklich netten Gemeinschaft, die mich ohne zu zögern aufgenommen hatte. Und dennoch konnte ich es nicht lassen, ab und an verstohlene Blicke zu Matteo und den anderen hinüberzuwerfen, die, statt Pause zu machen, weiter trainierten, und mich zu fragen, wie es wohl wäre, zu ihnen zu gehören.

Ich blieb noch eine ganze Weile bei den Gammas, lernte sie etwas näher kennen und beobachtete das Training der anderen Can mit großem Interesse. Zu meinem eigenen Erstaunen bekam ich keine einzige Tiergestalt zu sehen. Niemand, nicht mal Zofia oder Ben, die ich bereits gesehen hatte, verwandelte sich oder deutete eine Verwandlung an.

Für einen Moment vergaß ich sogar, wo ich mich befand, und fühlte mich zurückversetzt ins letzte Jahr. Zu der Klassenfahrt im Frühsommer, die in eine Feriensiedlung, nahe unserer Kleinstadt, stattgefunden hatte. Nur, dass ich damals noch zu den absoluten Außenseitern gehörte und mich während der ganzen Woche mit Büchern und Naschkram auf Bäume verzogen hatte, anstatt mit den Mädels in knappen Bikins am siffigen Tümpel um die Wette zu stöckeln - in der Hoffnung, die Jungs würden sie bewundern.

Die wiederum waren täglich mehrere Stunden damit beschäftigt gewesen, unerlaubte Substanzen zu rauchen und den *Stoff* zwischen den Ritzen von Matratzen und Metallgestell in den Bungalows zu verstecken, damit die Lehrer sie nicht finden konnten. Ich habe mich schon immer lieber aus allem herausgehalten und war froh, meine Ruhe zu haben. Ganz anders in diesem Camp ...

Am Abend, als die Sonne bereits untergegangen war, versammelten sich alle vor Viktors Hütte auf dem Hauptplatz, um die ausgehobene Feuerstelle herum. Mit der Dunkelheit kam auch die Kälte und so war ich froh, trotz der großen Anzahl, einen Platz am Feuer zu ergattern. Finn und die Gammas blieben im Verbund und belegten die für sie freigehaltenen Plätze auf ein paar Baumstämmen. Matteo und seine Jungs hingegen saßen deutlich näher am Feuer und sonderten sich etwas ab. Die Betas, wie Finn mir erklärt hatte, standen im Rang höher als die Gammas und so wunderte es mich nicht, dass sie zuerst zum Essen griffen, bevor wir Gammas dran waren.

Das Lagerfeuer war nicht besonders hoch, dafür aber breit genug, damit fast das gesamte Camp drumherum Platz nehmen konnte. Die Can waren deutlich getrennt von den Fel, die schweigend in kleinen Grüppchen, doch überwiegend allein, auf der anderen Seite saßen und ihre Fleischspieße in die Glut hielten. Durch die flirrende Hitze des Feuers konnte ich nur vage Gestalten wahrnehmen. Ich war mir sicher, dass Rajani dort sein musste. Sicher auch die drei beschränkten Katzenjungen vom Nachmittag.

Ich wollte gerade aufstehen um nachzusehen, da entdeckte ich ihn aus dem Augenwinkel: Janis. Er war gekommen. Sein blondes Haar und seine helle Haut stachen zwischen den anderen deutlich hervor. Doch es war mehr seine Ausstrahlung, die mich gefangen nahm - schon wieder.

Er tauschte ein paar Schulterklopfer mit Ben, Matteo und ein paar anderen Betas. Verstohlen sah ich zu ihm hinüber und versuchte, nicht zu sehr zu starren. Finn und seine Geschichte über irgendwelche Fel, war eine perfekte Tarnung. Ein paar zustimmende »Hm☒s« und »Ach wirklich?« reichten aus, um es so aussehen zu lassen, als würde ich ihm zuhören. Doch in Wahrheit beobachtete ich Janis die ganze Zeit. Wie er lächelte, seinen Freunden gut zusprach und sich dabei durch die Stirnhaare fuhr. Diese eine Strähne, die immer wieder zurückfiel, hatte es mir besonders angetan. Sie erinnerte mich an mich selbst: Still und doch beharrlich.

Meine Sinne waren zum Glück den Rest des Tages normal geblieben, das machte es mir einfacher, mich zu integrieren. Ich musste mich nicht verstellen, um von den Can angenommen zu werden. Das war etwas Neues und doch fühlte ich mich noch immer fremd. Fremd im Camp, bei den Can und auch in meinem Körper. Mehr als in dem Leben als normaler Teenager zuvor. Ob sich dieses Gefühl wohl jemals ändern würde?

»Lena?« Finns strubbeliger Kopf hing schräg vor meinem Gesicht. »Alles klar bei dir?«

Ich nickte leicht und spürte plötzlich viele Blicke auf mir ruhen. Was hatten die nur alle?

»Er hat dich zu sich gerufen«, flüsterte Finn und deutete mit dem Kopf in Richtung der Betas.

Janis stand dort und sah mich erwartungsvoll an. Hatte etwa *er* mich gerufen?

»Lass ihn nicht warten«, fügte Finn noch etwas leiser hinzu und schob mich, mit einer Hand im Rücken, vom Baumstamm.

Mit so viel Würde, wie ich auf die Schnelle auftreiben konnte, stand ich auf und wankte um das Feuer herum. Die orangen Flammen zuckten gefährlich in meine Richtung. Sie griffen nach dem Ärmel meines Anoraks, während ich auf dem unebenen Grund strauchelte und mich beinahe vor Matteo hinpackte.

Mist, verdammter!

Mehr stolpernd als laufend, kam ich vor Janis zum Stehen. Ich war froh, einen Vorhang aus Haaren vor dem Gesicht zu haben. Sonst hätte er meine knallroten Wangen sofort gesehen. Ohne Widerworte ließ ich mich von ihm an die Seite ziehen.

»Leute, das ist Lena, unser neustes Mitglied«, begann er mich auch dem Rest der Truppe vorzustellen. Währenddessen kämpfte ich mit meinem Verstand. Janis sprach ein paar Worte, es hörte sich so an, als würde er etwas Nettes sagen. Doch ich verstand kein einziges Wort; nur ein undefinierbares Murmeln kam in meinen Ohren an, in denen ansonsten ein dröhnendes Pulsieren zu hören war: Mein Herzschlag, dreimal so schnell wie gewöhnlich. In meinem Bauch toste ein Sturm, meine Knie zitterten.

Bitte nicht!

Ich nahm alle Kraft zusammen und konzentrierte mich auf einen Punkt in der Menge. Finns leuchtende Haare waren ein gutes Ziel. So würde es zumindest so aussehen, als würde ich die Gammas ansehen.

Plötzlich drückte Janis mich noch fester und meine rechte Hand, die bis eben starr herabgehangen hatte, berührte seine Hose - den graublauen Jeansstoff, der sich samtiger anfühlte als er aussah. Selbst durch die Jacke konnte ich seine Wärme spüren. Oder war ich es, der von innen heraus glühte?

»Du kannst dich wieder setzen, Lena.«

Schon wieder starrten mich alle an. Hatte ich etwas verpasst? Verlegen sah ich hinauf in Janis' Gesicht, in dem sich etwas Neckisches abzeichnete.

Lacht er mich aus?

»Geht es dir gut?« Nun sah er mich doch genau an.

Ich konnte nur hoffen, dass mein Gesicht so stark vom Feuer beschienen wurde, dass es nicht auffiel, wie rot ich wirklich war.

»Ja«, antwortete ich und machte mich mit wackeligen Beinen auf den Rückweg zu den Gammas.

Erst als ich neben Finn saß, trat mein volles Bewusstsein wieder ein und mein Puls normalisierte sich. Janis unterhielt sich den Rest des Abends mit Ben und warf mir ab und an einen Blick zu, ein umwerfendes Lächeln auf den Lippen.

Nicht das erste Mal wollte ich mich für meine Schüchternheit in die Flammen stürzen. Wie konnte ich mich - als gebildete Sechzehnjährige - nur wie ein kleines Mädchen benehmen? Was hatte dieser Janis an sich - außer seinem hübschen Lächeln, den blauen Augen, der Haarlocke auf seiner Stirn und seiner unglaublich schönen Stimme? Und wieso drängte sich dieses unsympathische Wolfsmädchen so dicht an ihn?

»Hunger?« Finn wedelte mit einem Fleischspieß vor meiner Nase herum. Es roch verlockend. Dennoch hatte ich keinen Appetit angesichts der Szene, die sich keine fünf Meter entfernt abspielte. Zofia(dieses Miststück!) setzte sich doch tatsächlich neben Janis und lehnte sich auch noch gegen ihn, als wären sie die dicksten Freunde!

»Lena, du solltest echt was essen.« Finns roter Wuschelkopf schob sich schon wieder in mein Blickfeld und ich wusste, dass ich ihn nicht mehr ignorieren konnte.

»Danke.« Ich nahm ihm den Spieß ab und begann, gleich darauf auf dem zähen Stück Fleisch herumzukauen, das etwas zu lange in die Flammen gehalten worden war.

Zofia lachte viel zu laut über einen Witz von Janis, oder was auch immer er gerade erzählt hatte und warf dabei die braunen Haare in den Rücken, wie eine Stute ihre Mähne. Und sie ließ einfach nicht ihre Finger von ihm, krabbelte mal durch seine Haare, dann wieder rieb sie sich an seinem Arm.

Ich wusste, dass es nur eine Frage der Zeit war, bis mein Starren auffallen würde und doch konnte ich nicht damit aufhören, sie anzufeinden. Kaum, dass mir der Gedanke gekommen war, schnellte ihr Blick auch schon zu mir - herausfordernd, verspottend. Und nicht nur sie sah mich feindselig an, auch drei Jungs, die zu ihrer Rechten saßen und wie ihre Bodyguards wirkten (wohl auch Betas). Sie sahen nicht so aus, als freuten sie sich über mich als neues Rudelmitglied. Wer konnte es ihnen verübeln? Ich wusste selbst nicht mal genau, was ich hier überhaupt machte.

Für einen Moment dachte ich zurück an mein altes Zuhause: An Tante Rita und Karl und das einfache Leben, das ich geführt hatte - einsam zwar, aber einigermaßen friedlich und frei. Sofort drängten sich Nancy und ihr Hühnerhaufen in meine Gedanken und ich schob mein Heimweh beiseite. Ja, ich vermisste Tante Rita. Sie war aber auch die Einzige, die mir wirklich fehlte. Obwohl ich mir mittlerweile nicht mal mehr sicher war, ob ich nach meinem Geburtstag überhaupt zurückwollte. Es war kein schönes Gefühl gewesen zu erfahren, dass sie mich mein ganzes Leben lang angelogen hatte. Ich sehnte mich danach zurück, durch meine Wälder zu streifen, der Ruhe zu lauschen, den leisen Stimmen der Tiere und in Gedanken weit weg zu sein. Das Gemurmel und Geschnattere am Lagerfeuer war das genaue Gegenteil. Zu viel. Zu laut.

Ohne ein Wort des Abschieds schnappte ich mir einen halbgaren Fleischspieß und stand auf. Finn lächelte mir zum Abschied zu und nuschelte etwas von »Wir sehen uns morgen«, bevor ich die Kapuze über den Kopf stülpte und mich vom Feuer entfernte.

Auf dem Weg zu den Hütten traf ich nur auf eine einzige Gestalt - grüne Augen leuchteten in der Dunkelheit.

Einige Zeit später, als die Nacht bereits in voller Blüte stand, kam Rajani. Ich hatte es mir in der Zwischenzeit auf meinem Bett in unserer Hütte gemütlich gemacht und in einem Buch gelesen. Leider war in meinem Kopf so viel losgewesen, dass ich Mühe hatte, mich zu konzentrieren. So war ich schon bald dazu übergegangen, auf die Hüttendecke zu starren, die krummen, großen Holzbalken, die von Spinnweben bevölkert waren, und alle Informationen zu ordnen, als würde ich Karteikarten der Camp-Bewohner anlegen.

»Da bist du ja, ich habe dich überall gesucht!«, begrüßte mich Rajani und schaltete die Öllampe etwas heller, die als einzige Lichtquelle in der Dunkelheit diente.

»Das kann ja kaum stimmen«, gab ich murmelnd als Antwort und drehte mich auf die Seite, um ihren vorwurfsvollen Gesichtsausdruck nicht sehen zu müssen.

»Warst du die ganze Zeit hier?«

»Definiere *die ganze Zeit …*«

»Lena. Was ist los?« Rajani setzte sich mir gegenüber auf ihr Feldbett. So konnte ich ihr kaum ausweichen. »Ich habe mir Sorgen gemacht. Du warst auf einmal weg.«

»Muss ich mich etwa abmelden?« Es klang deutlich genervter als ich beabsichtigt hatte. Zickenalarm. Normalerweise verabscheute ich so etwas bei anderen, nun war ich die Zicke.

»Geht es dir nicht gut? Ist was passiert?«

»Ja und nein.«

»Was ist los?«

Seufzend setzte ich mich auf.

»Ich bin gerade nicht so gut drauf. Das ist alles … etwas viel auf einmal.«

»Verstehe. Schade, ich wollte dich eigentlich zu einer nächtlichen Tour mit ein paar Fel-Jungs mitnehmen.«

»Vielleicht ein ander Mal …«

»Wir schleichen uns oft nachts heimlich aus dem Camp und durchstreifen die Wälder. Aber erzähl es Viktor und den Wächtern nicht. Das ist verboten.«

Es war erstaunlich. Rajani hatte es geschafft, innerhalb von ein paar Sekunden meine Laune zu heben. Sie hatte wirklich eine Begabung dafür, andere aufzuheitern.

»Und ich dachte, du bist eine Musterschülerin.« Ich konnte mir ein Lächeln nur schwer verkneifen.

»Ich doch nicht!« Empört verzog Rajani das Gesicht. »Ich bin eine Katze, schon vergessen? Ich gehorche nicht wie ein Hund. Ich hab meinen eigenen Kopf!«

»Willst du etwa schon am zweiten Tag Streit mit mir anfangen?«

»Streit? Ich mit dir? Ich bin doch nicht irre. Du magst zwar neu sein und deine Gestalt noch nicht kontrollieren können, aber du bist deutlich klüger als die meisten anderen hier im Camp.«

»Das hat mir bisher nie viele Freunde eingebracht«, erinnerte ich mich und lächelte schief.

»Mir doch auch nicht.« Rajani griff meinen Arm und zog mich in eine stehende Position. »Aber du könntest hier welche finden. Na komm schon!«

»Och nö«, maulend blieb ich stehen und kämpfte gegen sie an. »Ich habe keine Lust, noch mehr dieser Hohlbirnen kennenzulernen.«

»Redest du da etwa von meinen Jungs?« In Rajanis Stimme schwang Ärger mit.

»Ich kenne den Rest ja nicht, aber ... die drei vom Nachmittag haben mir gereicht.«

»Wer?«

»Keine Ahnung, kenne ihre Namen nicht. Aber sie ... haben mich bedrängt und wollten mir Angst machen.« Rajanis Augen leuchteten im schwachen Licht der Öllampe. »Die dachten, sie könnten mich einschüchtern und waren dabei irgendwie peinlich. Na ja, dann kamen ein paar Can und haben mich vor ihnen *gerettet.*« Das letzte Wort betonte ich mit einem Augenrollen. »Du weißt sicher, wen ich meine.«

»Hundertprozentig.« Rajani seufzte und sah plötzlich nicht mehr so stolz aus. »Das können nur Jeff und seine Handlanger Ondrej und Ricardo gewesen sein. Hohlbirnen ist nicht annähernd der richtige Ausdruck für diese Idioten.«

»Also gehören sie nicht zu den Jungs, mit denen du dich nachts heimlich triffst?«

»Bei dir klingt es schlimmer als es ist. Wir tun im Grund nichts richtig Verbotenes. Wir sehen uns nur etwas um, das ist alles.« Rajani zuckte mit den Schultern und spielte verlegen an einer Haarsträhne. »Und nein, Jeff ist nicht dabei.«

»Ich komme trotzdem nicht mit.« Ich ließ mich wieder auf das Bett fallen. »Ich fühl mich irgendwie ... schwach.«

»So ging es mir am Anfang auch.« Rajani zog die Zwischentür zu und legte die Jacke ab. »Dann eben Plan B.« Sie dimmte das Licht der Öllampe und zog die Vorhänge vor.

»Plan B?«, fragte ich, wenig überzeugt davon, dass er mir gefallen würde.

»Du erzählst mir alles über die Can!«

Schon am zweiten Tag im Camp kam ich mir wie ein Verräter vor. Ob das ein gutes Zeichen war? Rajani hatte mich bis ins kleinste Detail über den vergangenen Tag ausgefragt und ich hatte brav alles berichtet, was ich erlebt hatte und dabei keine Kleinigkeit ausgelassen. Natürlich war ich noch neu in Janis' Rudel und kannte mich nicht aus. Aber die paar Stunden, die ich bei den Gammas verbracht hatte, schienen für Rajani sehr aufschlussreich zu sein. Denn das Leuchten in ihren Augen brach nicht ab und ich hörte sie förmlich innerlich den Notizblock vollschreiben. Ich war froh, als sie ein letztes Mal zum Pinkeln nach draußen verschwand und ich die Gelegenheit nutzen konnte, um mich schlafend zu stellen.

Am Morgen darauf sprachen wir zum Glück nicht weiter darüber, sondern beeilten uns, pünktlich beim Frühstück zu sein. Es verlief schnell und unpersönlich. Alle Schüler griffen sich ein Paket Brote und eine Flasche Wasser und verstreuten sich direkt wieder im ganzen Camp, um sich ihrem Training zu widmen, das für mich noch immer wie Rumhängen und Platzhirsch-Spielen aussah.

Ich hatte mich von Rajani verabschiedet, die sich umringt von ein paar Typen in die entgegengesetzte Richtung davonmachte, während Finn mich zu den Gammas führte, die sich wieder am gleichen Fleck, wie am Vortag, versammelt hatten und in Ruhe ihr Frühstück genossen. Ich setzte mich schweigend dazu und aß mein Brot.

»Und, hast du gut geschlafen?«, erkundigte sich Finn. Die Sonne glitzerte in seinen wilden Lockenspitzen. Sie waren nass, offenbar musste er vor kurzem geduscht haben. Nur wo? Ich hatte außer den selbstgebauten Toiletten-Gräben, am Rand des Camps, noch keine Duschen gesehen.

»Ich habe zumindest geschlafen«, sagte ich und knabberte den Rand meiner Wurstbrot-Stulle ab.

»Schön.« Finn lächelte und wippte mit dem Fuß. »Und, schon aufgeregt?«

Ich biss genüsslich in das weiche Brot, nachdem ich den kompletten Krustenrand abgenagt hatte, und sah Finn dann fragend an.

»Du musst keine Angst haben. Viktor ist zwar etwas rau, aber er meint es nicht so«, erklärte er.

»Was meinst du?«

»Er möchte uns helfen. Auch wenn es manchmal nicht so aussieht.«

Ich wurde das Gefühl nicht los, dass er auf irgendetwas Bestimmtes anspielte.

»Wieso erzählst du mir das?«, fragte ich, bevor er noch weiter herumdrucksen konnte.

»Dein Training. Schon vergessen? Es beginnt heute.«

»Ich weiß.« Ich wich den Blicken der anderen Gammas aus, die ihre Gespräche unterbrochen hatten und uns zuhörten.

»Du solltest ... ganz entspannt sein.«

Ich konnte nicht anders und rollte genervt die Augen. Was auch immer Viktor mit mir vorhatte, Finn hatte es geschafft, mich nervös zu machen, obwohl ich davor ziemlich entspannt gewesen war. Vielen Dank auch!

»Oh, da kommt er schon.« Die Gammas sprangen so plötzlich auf, dass ich beinahe meine Wasserflasche auskippte, beim Versuch, sie an die Lippen zu setzen.

Hinter mir spürte ich eine starke Präsenz. Ich brauchte mich nicht umzudrehen, um zu wissen, dass es Viktor war. Das leichte Beben des Untergrunds hatte ebenfalls dazu beigetragen, seine Schritte zu bemerken.

Ich wollte gerade aufstehen, da spürte ich seine prankenartige Hand auf meiner linken Schulter.

»Wir müssen das auf morgen verschieben«, brummte er.

Ich sah hinauf in sein ernstes Gesicht.

»Bleib bei deinen Leuten und lerne von ihnen.« Er drückte in meine Schulter, bevor er mich losließ. »Ihr passt auf sie auf, verstanden? Ich lasse zwei Wächter hier, für alle Fälle. Ihr bleibt im Camp, bis wir zurück sind.«

Niemand wagte es, etwas zu erwidern. Auch nicht, als Viktor sich verabschiedete und zur nächsten Gruppe lief, um sie zu informieren.

»Was mag passiert sein?«, fragte ein Gamma-Mädchen, an Finn gewandt.

»Ich habe keine Ahnung.«

Ich war ehrlich gesagt nicht besonders traurig darüber, dass das Training mit Viktor ausfiel. Nicht, weil ich es nicht lernen wollte, meine Tiergestalt zu kontrollieren, sondern vielmehr, weil ich wieder Zeit hatte, die anderen zu beobachten. Denn ich wollte herausfinden, wie das Rudel wirklich strukturiert war und dazu brauchte ich Ruhe, um von außerhalb zusehen zu können. Wie am Tag zuvor belegten die Can die große Lichtung, um zu trainieren. Matteo und die Betas waren zuerst an der Reihe und belegten den Ring, während die Gammas warteten. Ich hielt mich etwas abseits.

Neben mir tauchte plötzlich eine breite Gestalt auf.

»Tut mir leid für dich.«

»Ben, richtig?«, fragte ich an den freundlichen Riesen gewandt, der sich zu mir an den Rand der Lichtung gesellt hatte.

»Ich weiß, wie schwer es sein muss, die Verwandlung zu verhindern. Mir ging es bei meiner Ankunft sehr schlecht.«

»Wie lange bist du schon hier?«

»Vier Jahre müssten es schon sein«, sagte Ben und sah aus, als würde er vor Nostalgie zerfließen.

»Es geht mir gut«, beteuerte ich und hörte kurz in mich hinein. Dabei erkannte ich, dass es stimmte. Ich fühlte mich gut. Weder abgewiesen noch verletzt, noch kurz vor einem Zusammenbruch. Zwar war mir das alles immer noch fremd und ich wusste nicht genau, was man von mir erwartete. Dennoch gefiel mir die Gemeinschaft der Can besser als meine frühere Klasse. Sie schienen alle zusammenzugehören und sich füreinander einzusetzen.

»Abwarten. Der Fuchs in dir schläft gerade. Aber es wird der Moment kommen, indem er erwacht und dann sind wir für dich da. Solange Viktor und die anderen fort sind.«

»Scheint ja wichtig zu sein«, murmelte ich und sah dem großen Tiger-Wandler hinterher, der beinahe fluchtartig das Camp verließ.

»Das muss es sein. Sonst würde er nicht gehen.«

Seufzend kämmte ich meine wilden Haare hinter die Ohren.

»Wenn du etwas brauchst, melde dich. Wir helfen dir gerne. Du bist nun eine von uns.« Ben lächelte freundlich zu mir hinab. Er erinnerte mich in diesem Moment an den Metzger-Gesellen in meiner Heimatstadt. Er hatte genau die gleichen schweinchenähnlichen Züge.

»Ich komm schon klar. Trotzdem danke.«

»Wenn nicht, kommst du zu uns: zu Finn, Matteo und mir.«

Ich nickte und ließ mir noch freundschaftlich auf den Rücken klopfen, bevor ich wieder alleine gelassen wurde und ungehindert mit meinen Beobachtungen fortfuhr.

Die Betas rund um Matteo und Zofia belegten den Ring, wie ich das Gebilde aus Steinen und Ästen nannte, das in drei Kreisen verlief, wie die Jahresringe eines Baumes. Die Gammas standen am Rand und sahen zu, wie sich zwei ausgewählte Betas im innersten Ring umkreisten. Wie Wrestler im Übungskampf liefen sie geduckt umeinander, fixierten sich, täuschten einen Angriff an und wichen elegant jeder Scheinattacke des anderen aus. Matteo spielte den Schiedsrichter und hatte beide Kontrahenten gut im Blick, während der Rest der Betas alles aufmerksam verfolgte.

Die Gammas um Finn hingegen, schienen eine Stufe tiefer zu stehen, denn sie dehnten sich und machten kleine Kraftübungen, wie Liegestütze und Kniebeuge, um sich aufzuwärmen, anstatt zuzusehen. Es war vielleicht nur ein Gefühl, doch in manch einem Gesicht konnte ich ein wenig Angst erkennen, sobald einer der Betas zu ihnen hinübersah. Hatten sie wirklich Angst? Oder gehörte das zu ihrer Stellung im Rudel? Dass sie, wie bei Wolfsrudeln üblich, Beschwichtigungssignale aussandten, um ihre Unterwürfigkeit auszudrücken?

Als die Trainingspartner wechselten, schienen die Gammas unruhig zu werden. Wie kurz vor einer Prüfung, schritten sie nervös von einem Bein aufs andere, nagten an Fingernägeln und drängten sich näher zusammen. Ich erkannte auch gleich, woran das lag; Zofia näherte sich ihnen mit Tempo. Ihre gesamte Körpersprache drückte Überlegenheit aus: Ihr Gang, die langen Schritte, der erhobene Kopf, die herausgestreckte Brust. Sie wusste, wer sie war und scheute nicht davor zurück, dies alle spüren zu lassen.

Kurz darauf pickte sie einen Gamma aus der Menge, einen schmächtigen Jungen mit braunem Haar, der nur widerwillig mitging. Man sah ihm an, dass er sich vor ihr fürchtete, und ich spürte den starken Drang, ihm zu helfen. Doch sie tat ihm nichts, ganz im Gegenteil, er bekam einen passenden Trainingspartner zugewiesen und das Umkreisen ging wieder von vorne los.

Nach dem dritten und vierten Wechsel hatte ich ein Gespür für die Rudeldynamik entwickelt und konnte das Verhalten einiger schon voraussehen, ehe es eintrat. So wie es aussah, herrschte wirklich ein Gefälle in der Gruppe der Can. Die Betas standen zweifellos über den Gammas. Jeder Can wusste das und verhielt sich dementsprechend. Kein Gamma, und war er auch noch so groß und kräftig, wagte sich weiter voran, als er durfte. Wenn sich zwei Can unterschiedlicher Ränge begegneten, war es immer etwas angespannt. Die Gammas unter sich waren ganz anders, das hatte ich am Vortag schon feststellen können. Sie waren dann viel lockerer, eine lustige Truppe, die ständig Scherze machte. Doch in Anwesenheit der Betas wirkte es so, als würden sie die Luft anhalten. Nahmen sie ihre Rolle an, weil man sie ihnen zugewiesen hatte? Oder gab es wirklich einen so großen Unterschied zwischen ihnen?

Ich stellte Vergleiche an und stellte schnell fest, dass alle Betas, egal ob Zofia, Matteo oder Ben, viel selbstsicherer auftraten. Immer und überall. Warum war das so? Lag es daran, dass sie schon länger im Camp waren? Sich somit besser auskannten? Oder beherrschten sie ihre Tiergestalt besser? War es vielleicht eine Charakterfrage?

Einige der Fragen konnte ich mir mit der Zeit selbst beantworten, denn alle Can waren erstaunlich leicht zu lesen. Das war mir schon vom ersten Tag an aufgefallen. Ich erkannte in keinem von ihnen einen Hinweis auf Heimtücke, auf Überraschung. Selbst meine neue beste Freundin Zofia zeigte ihre Abneigung allen Gammas (und vor allem mir) gegenüber so offen, dass ich ihr dafür dankbar war.

In meiner Vergangenheit hatte ich leider nicht das Glück gehabt, auf so eine ehrliche Feindin getroffen zu sein. Die schlimmsten Gerüchte waren stets von angeblichen Freundinnen ins Leben gerufen worden, denen ich mich geöffnet hatte.

Verrat war für mich kein Fremdwort und erneut verspürte ich eine seltsame Erleichterung, dass ich nun zu den Can gehörte, die sich ins Gesicht brüllten, anstatt in meiner Klasse zu sitzen und das Getuschel hinter meinem Rücken ertragen zu müssen.

Ich studierte das Training der Can noch eine ganze Weile und entdeckte immer mehr interessante Verhaltensweisen. Bald schon hatte ich das Gefühl, sie alle zu kennen und zu wissen, wie sie sich als Nächstes verhalten würden. Zumindest bis der Alpha eintraf.

Nach einer gefühlten Stunde Training betrat Janis die Lichtung. In dem Moment, wo er in Sichtweite kam, änderte sich alles. Alle Can beendeten sofort ihr Tun und sahen in seine Richtung. Die Gammas wurden noch nervöser, keiner von ihnen konnte mehr still stehen. Ich wusste ja, was für eine Wirkung Janis auf mich hatte, offenbar war ich nicht die Einzige mit Herzklopfen. Alle Can, selbst der starke Matteo und Nancy 2.0 machten ihm Platz und senkten kurz den Kopf zur Begrüßung. Janis wurde wie ein König empfangen. Dabei war er nicht mal der Älteste oder Stärkste, geschweige denn der Größte. Er wirkte nicht sehr gefährlich oder einschüchternd auf mich. Wie hatte er es an die Spitze des Rudels geschafft?

Als sein Blick in meine Richtung ging, spürte ich sie erneut: die Aufregung, den wilden Herzschlag und den Brei in meinem Kopf. Es war vollkommen egal, wie alt, groß oder stark er war. Er nahm uns alle gefangen und mich am allermeisten.

»Der ist nichts für dich.«

Ich erschrak vor dem plötzlichen Windhauch an meinem rechten Ohr. Zofia hatte sich von hinten an mich herangeschlichen.

»Keine Angst, ich fresse dich nicht. Nicht heute.« Ihr Lächeln erreichte ihre Augen nicht. »Ich kämpfe nicht gegen neue Rekruten. Zu einfach.«

Ich erwiderte nichts und hoffte, dass sich mein Körper bald an die Schnelligkeit und das Anschleichen der anderen gewöhnen würde. Vor Schreck zusammenzuzucken war das Letzte, was ich wollte.

»Ich kämpfe gegen niemanden«, sagte ich zu ihr und hielt ihrem Blick stand.

»Schlechte Idee. Ohne Kämpfen wirst du es hier nicht weit bringen.«

Urplötzlich ging ein Ruck durch meinen Körper und ich fühlte eine Flut an Geräuschen an mein Ohr dringen: Gespräche, Laute der Umgebung, Herzschläge.

Es passierte schon wieder. Das Tier in mir rüttelte mich wach!

Zofia schien das bemerkt zu haben, denn sie zog die Mundwinkel süffisant an.

»Komm wieder, wenn du deine Gestalt beherrschst.«

Ich taumelte seitwärts und hielt mir die Ohren zu. Denn die Geräusche wurden stetig lauter. Selbst das Mahlen von Zofias Zähnen konnte ich hören und ihren Atem, untermalt von einem leisen Knurren. Sie öffnete den Mund und flüsterte etwas, das ich sehr genau hören konnte. Es war nur für mich bestimmt. Sie sagte: *Er gehört mir.*

Die Augen zusammengekniffen, ging ich in die Hocke und hielt mir noch immer die Ohren zu. Ich hatte das Gefühl, mein Kopf würde gleich explodieren. Neben den Geräuschen traten auch die Gerüche in den Vordergrund: zu schnell, zu viele auf einmal. Die Flut ebbte nicht ab und ich war kurz davor zu schreien.

Das Durcheinander an Stimmen kam näher, wurde stetig lauter. Mit aufgerissenen Augen sah ich sie alle ankommen. Das Can-Rudel stürmte auf mich ein, jeder mit einem anderen Ratschlag. Sie stöhnten, scherzten, sprachen. Ich konnte es nicht ertragen, wie sie sich um mich scharten, das Aufeinanderschlagen von Zähnen, das Schmatzen bei jedem Mal, wenn sie den Mund öffneten. Ihre Blicke bohrten sich in mich und ich hoffte nur, dass das alles endlich ein Ende finden würde.

Mir blieb keine andere Wahl; ich musste da weg!

Immer noch die Hände an den Ohren, lief ich los in Richtung Wald. Meine Beine trugen mich schnell ans Ende des Camps und immer weiter in den dunklen, stillen Forst hinein. Schon bald verebbten die Geräusche und Gerüche der anderen Can und ich wurde langsamer. Das Knarzen der Bäume, Rascheln der Blätter, Ächzen der Wurzeln, auf die ich trat, wurde indes lauter. Und plötzlich störte mich die Intensität gar nicht mehr. Ich war schon so oft in einem Wald gewesen, doch niemals hatte ich mich ihm verbundener gefühlt als in diesem Augenblick.

Ich hatte das Gefühl, jeder Teil des Waldes, jeder Baum, jeder Strauch, jedes Tier, sprach mit mir und ich blieb irgendwann stehen, um zu lauschen. Meine Ohren nahmen Geräusche aus allen Teilen des Waldes war und meine Nase sog den einmaligen Geruchs-Cocktail ein.

Hier gehöre ich hin ...

Ich schloss die Augen und hob die Nase in den Wind, um alles noch etwas intensiver wahrnehmen zu können. Ich liebte alles an diesem Wald, doch vor allem diese kleine herbe Nuance, die immer stärker wurde. Unter den Waldduft mischte sich plötzlich ein anderer Geruch, einer, nach dem ich von Anfang an süchtig gewesen war.

»Du spürst ihn, nicht wahr? Den Wald.«

Ich sah über meine linke Schulter und lächelte leicht. Janis war mir gefolgt.

»Er ist ... so lebendig«, versuchte ich, die Eindrücke zusammenzufassen. Doch ich konnte mich nur noch auf den Geruch konzentrieren, der von ihm ausging. Er überdeckte einfach alles.

»Er ist unser Zuhause.« Janis kam neben mir zum Stehen und schloss kurz die Augen, um den Wald wahrzunehmen. Fasziniert von seinem schönen Profil, sah ich ihm dabei zu und sog unaufhörlich seinen Duft in mich ein. Er war ungemein betörend und mir wurde bald schon schwindelig, weil ich zu gierig war.

Ruhig, Lena, du kannst auch nachher noch an ihm schnuppern!

»Du bist ziemlich weit gelaufen«, sagte Janis, nachdem er die Augen wieder geöffnet hatte. »Wir dürfen uns ohne Aufsicht nicht so weit vom Camp entfernen.«

Schlagartig normalisierten sich meine Sinne wieder und mit ihnen auch mein Herzschlag. Die Geräusche wurden leiser, Janis Geruch verschwand beinahe. Er musste mir wohl meine Enttäuschung ansehen, denn in seinen blauen Augen leuchtete etwas auf.

»Das wird nicht das letzte Mal gewesen sein«, prophezeite er mir. »Bald schon wirst du es kontrollieren können.«

Meine Wangen färbten sich rosa. Er schien genau gewusst zu haben, was ich dachte. Es war erschreckend und faszinierend zugleich, wie vertraut er mir war. Er stand so nahe neben mir, dass sich unsere Arme berührten und ich hoffte, dass er noch näher kommen würde. Dabei kannte ich ihn doch gar nicht. Spielten nur meine Hormone verrückt? Oder war er wie für mich geschaffen?

»Bringst du mich jetzt wieder zurück?«, fragte ich, versunken in seinen blauen Augen. Um seine Pupille zog sich ein eisblauer Ring, während zum Rand hin alles himmelblau wurde. Ich hatte noch nie schönere Augen gesehen.

»Noch nicht. Ich will dir erst etwas zeigen.«

Ich wusste, dass es ziemlich dämlich aussehen musste, wie ich ihm mit Herzchen in den Augen in den Wald folgte. Ich starrte ihn dabei die ganze Zeit an. Ich konnte nicht anders. Ich musste ihn ansehen, um zu begreifen, dass es wirklich *er* war, der neben mir lief und keine Einbildung.

Janis führte mich zu einer versteckten kleinen Lichtung, einige hundert Meter weiter. In der Mitte ragte ein großer mit Moos bewachsener Felsbrocken auf, der konstant von der Sonne beschienen wurde. Drum herum weitere Findlinge, die wie kleine Hocker vor einem Pult wirkten. Im Sonnenlicht, das den Felsen wie einen Scheinwerfer beschien, schwirrten dutzende Schmetterlinge, die ansonsten nirgends in den eher finsteren Wäldern zu finden waren.

»Es gefällt dir«, schlussfolgerte Janis meinen verträumten Blick.

»Es ist ...« Dieser versteckte Ort war so wundervoll, dass ich keine Worte fand, um ihn zu beschreiben.

»Himmlisch?«

»Mehr als das.« Ich lächelte ihn an.

»Nicht jeder weiß die Schönheit des Waldes zu schätzen. Ich bin froh, dass du es tust, Lena.«

Ich liebte es, wie er meinen Namen sagte. Das konnte niemand schöner als er.

»Komm, das wird dir gefallen.«

Janis zog mich sanft zu sich in den Strudel aus Schmetterlingen, die wild um unsere Köpfe schwirrten und perfekt mit denen harmonierten, die in meinem Bauch Amok liefen. Ein Meer aus Farben und Licht tanzte um uns herum und für einen winzigen Augenblick stand die Welt still für mich. Ich wusste nicht, wo ich war und es war mir auch egal. Das Einzige, was zählte, war, dass er und ich zusammen waren.

Irgendwann verlor ich beim vielen Drehen und Gucken nach den Schmetterlingen das Gleichgewicht und stolperte nach hinten. Janis konnte mich gerade noch so auffangen und an sich reißen.

»Bist du immer so ungeschickt?«

»Manchmal«, war meine ehrliche Antwort und erneut kroch die Wärme meine Wangen hinauf. Es fühlte sich gut an, ihn zu berühren.

»Mir ist noch nie zuvor ein Mädchen wie du begegnet.«

Da war ich mir sicher. Niemand war wie ich. Das war sowohl Fluch als auch Segen. Je nachdem, aus welchem Blickwinkel man es betrachtete.

»Ich war mir sicher, dass ich weiß, wie du bist.« Janis' Augen suchten geradezu meinen Blick, den ich abgewandt hielt. »Süß, schüchtern und schwach. Dann wieder stark und mutig. Was bist du genau, Lena?«

»Nichts davon. Ich bin ganz normal«, antwortete ich. Mit so vielen Komplimenten konnte ich nicht umgehen. Zumal ich nicht mal die Hälfte davon als wahr einstufen würde.

»Du machst den gleichen Fehler wie alle anderen. Du unterschätzt dich.«

»Vielleicht überschätzt du mich?«

»Niemals. Ich habe ein gutes Gespür für Menschen. Was meinst du, wieso ich der Alpha bin?«

Das war etwas, wogegen ich nichts sagen konnte. Janis musste in der Tat gute Menschenkenntnis besitzen, um andere führen zu können. Noch dazu Jugendliche und junge Erwachsene, die sich alle in Tiere verwandeln konnten. Dazu bedurfte es einer großen Portion Führungskraft.

»Sie vertrauen dir«, sagte ich mit einem wissenden Blick.

»Ja, das tun sie. Weil ich sie alle gut kenne und schätze. So wie ich dich kennen möchte, Lena. Ich hoffe, du gibst mir die Chance dazu.«

Ich stimmte mit einem Nicken zu, das beinahe hypnotisch auf mich selbst wirkte. In Janis Gegenwart schwankte ich immer zwischen Träumen und Wachen.

»Sie unterschätzen dich alle. Ich weiß es. Du bist viel stärker als die meisten anderen Can. Du bist keine Gamma. Das warst du keine Minute lang.«

»Ich habe den Starrwettbewerb mit Matteo verloren«, erklärte ich ihm überflüssigerweise. Sicher wusste er das längst.

»Du bist besser als jeder Beta. Du bist die geborene Alpha. Du weißt es nur noch nicht.« Janis sah mich durchdringend an.

»Warum sagst du das?«, fragte ich unsicher.

»Ein intaktes Rudel ist ein starkes Rudel. Mir liegt sehr viel daran, dass jeder die Rolle einnimmt, die er vertreten kann.«

»Was ... soll ich tun?« Ich war kurz davor, mich in seinen blauen Augen zu verlieren.

»Erkämpfe dir deinen Platz an meiner Seite.« Janis drückte die Brust raus, als müsse er mich beeindrucken. Doch das musste er gar nicht mehr. Er hatte mich längst in seinen Fängen. Obgleich mein Verstand noch hin-und-her-schwankte.

»Ich werde nicht kämpfen.«

»Schhh.« Janis legte mir seinen Zeigefinger auf die Lippen und brachte mich so zum Schweigen. »Du wirst kämpfen, wenn der Zeitpunkt gekommen ist. Für dich. Für das Leben, das du führen könntest«, raunte er. »Du musst dich nur entscheiden.«

»Ich könnte niemals jemanden angreifen. Das bin ich nicht«, sagte ich kopfschüttelnd und erhielt dafür ein freches Augenzwinkern.

»Vielleicht brauchst du einen kleinen Anreiz.« Janis ging einen Schritt zurück und öffnete seine Jacke. Wie gebannt sah ich ihm dabei zu, wie er sie fortwarf und den Pullover gleich hinterher. Danach folgte das weiße Achselshirt.

Ich war unfähig zu sprechen, angesichts dieses prachtvollen Oberkörpers. Er war erstaunlich sehnig, geradezu muskulös und doch schlank. Kein Gramm Fett zu viel am Körper stand er da und zog auch noch die Schuhe aus.

Für einen kurzen Augenblick wollte ich protestieren, doch da war es schon zu spät. Die Hose fiel zu Boden und er stand nur noch in Boxershorts da. Vom vielen Über-den-Kopf-ziehen waren seine Haare ganz zerzaust und fielen ihm in die Stirn.

Gott, sieht er gut aus!

»Das mache ich sonst nie mit Rekruten. Du kannst dir etwas darauf einbilden«, erklärte er mit einem unverschämt süßen Lächeln und strich sich die Stirnsträhne zurück.

Ich weiß nicht mehr genau, welcher Teil meines Gehirns *Hose runter* geschrien hat, zum Glück war er nicht mit meinem Sprachzentrum verbunden und so ersparte ich mir die Peinlichkeit und starrte ihn stattdessen nur an. Was auch immer er vorhatte, die Schmetterlinge in meinem Bauch waren ganz seiner Meinung.

Doch Janis hatte nicht vor, seinen Striptease fortzuführen, stattdessen sah es so aus, als würde er sich auf irgendetwas konzentrieren. Seine Atmung ging tief und langsam, die Augen hielt er halb geschlossen, die Hände zu Fäusten geballt. Die Luft entwich durch seinen offenen Mund und in seinen Augen blitzte Willensstärke.

Dann endlich sah ich es; er verwandelte sich. Die Haut wurde an einigen Stellen blasser, seine Haare immer heller, bis sie weiß waren. Auf dem Oberkopf wuchsen fellige Spitzen. Die Brust überzog sich mit weißem Pelz. Als die Knochen in seinem Körper brachen, hatte Janis Mühe geradezustehen. Er sah mich fortwährend an, konzentrierte sich darauf, entspannt auszusehen, das wusste ich. Doch er konnte mich nicht täuschen. Er hatte Schmerzen und kämpfte damit, keinen Laut von sich zu geben, als er vornüberkippte und mit den Pfoten auf dem Waldboden landete. Dann ging alles sehr schnell. Sein Gesicht wurde zu einer Schnauze, die Ohren stellten sich auf, der Schwanz wuchs aus seinem Hintern und der Rest seines Körpers wurde mit Fell überdeckt.

Ein schneeweißer Wolf mit blauen Augen.

Ich bemerkte erst im Nachhinein, dass ich während der Verwandlung die ganze Zeit die Luft angehalten hatte. Der Druck auf meine Lungen war irgendwann so groß geworden, dass ich gezwungen war auszuatmen.

Janis' Tiergestalt stellte selbst die idyllische Lichtung in den Schatten. Noch nie zuvor hatte ich ein so schönes und anmutiges Tier gesehen. Dagegen wirkten die anderen in der Grube wie Stofftiere.

Janis war nicht nur wunderschön, sondern auch sanft. Er stupste mich mit seiner nassen, kalten Nase an und führte dann seinen wuscheligen Hals an meiner

Hand entlang. Er war noch anziehender als in Menschengestalt. Ich ließ meine Finger über sein weiches Fell gleiten, kraulte ihm hinter dem Ohr und lachte leise, als ich das entspannte Schnauben vernahm. Er war so groß, dass ich mich nur mit Mühe auf seinen Rücken hätte setzen können, doch dazu kam es leider nicht, denn er verwandelte sich gleich wieder zurück.

»Du verrätst das doch keinem?«, fragte Janis, im Begriff, sein Hemd anzuziehen. Ich war noch damit beschäftigt, das Muskelspiel auf seinem Oberkörper zu begutachten und hörte nicht genau zu. Der schönste Typ des Camps zeigte Interesse an mir. Das war etwas, das ich niemals für möglich gehalten hatte.

»Lena?«

»Was?«

»Das was ich dir gezeigt habe. Behalte es lieber für dich. Das Wandeln ist im Camp verboten«, schlug Janis vor und ich willigte mit einem Nicken ein.

»Warum eigentlich?«

Er war wieder komplett angezogen, was es mir einfacher machte, mit ihm zu reden.

»So sind die Regeln. Wir dürfen uns nicht verwandeln. Nur unter Aufsicht der Lehrer. Das dient unser aller Sicherheit. Niemand will einen Haufen wilde Katzen durch das Lager stürmen sehen.«

»Du magst sie nicht, oder?«

»Nein, niemand der Can mag die Fel. Das ist nur natürlich.«

Janis bestieg den kleinen bemoosten Felsen und zog mich zu sich hinauf.

»Weil Hunde keine Katzen mögen?«, fragte ich.

»Nein. Weil Katzen keine Hunde mögen. Sie haben damit angefangen, uns Ferae zu teilen. Das waren nicht wir.«

»Spielt es eine Rolle, wer angefangen hat?«

Janis sah mich durchdringend an.

»Du bist die erste Can, die so etwas fragt.«

»Das habe ich bisher schon öfter gehört«, gab ich murmelnd als Antwort.

»Lena.« Janis berührte mich an der Schulter. »Ich weiß, dass du mit einer Fel zusammenwohnst. Ich verstehe, dass du auch auf ihrer Seite bist. Niemand will dir das ausreden ... es ist nur so, dass du vorsichtig sein solltest.«

»Wegen den anderen Fel«, schlussfolgerte ich und Janis nickte.

»Versprich mir, dass du ihnen nicht zu viel Vertrauen schenkst.«

»Damit meinst du Rajani.«

Janis sah mich von oben herab an. »Ich meine damit jeden von ihnen.«

Ich gab ihm mein Versprechen, obwohl ich nicht wusste, ob ich es einhalten konnte. Rajani war mir die vertrauteste Person im ganzen Camp. Sie war mir noch näher als er und das innerhalb von ein paar Tagen. Ich hatte eine Freundin in ihr gefunden. Und nun verlangte er von mir, dass ich vorsichtig war? Was meinte er damit? Sollte ich ihr nicht alles erzählen? Nur kurz angebunden sein, wenn wir uns sahen?

»Warum sorgst du dich so sehr um mich?«

Janis grinste bei meiner direkten Frage, die auch mich etwas überraschte. Normalerweise war ich Jungs gegenüber nicht so offen und direkt. Er rutschte etwas näher und hielt mich dabei mit seinem Blick gefangen.

»Weil ich dich mag.«

Sein Gesicht kam noch näher. Ich konnte schon seinen Atem auf meinen Lippen spüren, da überkam mich ein Gedanke.

»Wo kann man hier duschen?«

Janis zog sich zurück und grinste bis über beide Ohren.

»DAS hat mich noch nie eine gefragt, wenn ich sie küssen wollte.« Da war sie wieder, die Röte auf meinen Wangen. Ich Idiotin hatte es tatsächlich geschafft, unseren ersten Kuss zu versemmeln.

Bravo Lena, das war eine Meisterleistung!

»Sorry. Vergiss es einfach«, versuchte ich, die Stimmung zu retten, doch es war vorbei. Janis konnte nur noch lachen und sprang dabei vom Felsen herunter. Er schnappte sich seine Jacke und zog sie über.

»Um deine Frage zu beantworten ...« Er hielt mir die Hand hin, doch ich nahm sie nicht und sprang stattdessen neben ihn.

»Es gibt keine Duschen. Aber einen Fluss, der an unser Gebiet grenzt. Dort baden wir immer.«

Zumindest beantwortete das meine Frage nach den nassen Haaren. Es war trotzdem idiotisch von mir, ausgerechnet so etwas zu fragen.

Ich wollte mich gerade erkundigen, wo sich der Fluss befindet, da vernahm ich laute Rufe. Einer der Gamma, ein eher unscheinbarer Junge mit kurzen braunen Haaren und großen Augen, kam eilig herbei und rief dabei immer Janis` Namen. Er verhaspelte sich ständig beim Reden. Doch sinngemäß verstanden wir, dass es einen Unfall beim Training gab und wir sofort mitkommen sollten. Das taten wir auch zu meinem Bedauern. Ich hätte gerne noch mehr Zeit mit Janis alleine verbracht.

Zurück auf der Trainingslichtung herrschte große Aufregung. Alle Can sprachen wild durcheinander. Ich sah eine lange Blutspur, die sich quer über den Erdboden erstreckte. Ben hielt die meisten Schaulustigen davon ab, zu dem Bündel zu stürmen, das gekrümmt am Boden lag und vor Schmerzen stöhnte. Janis eilte sofort zu dem verletzten Jungen und gab den Umstehenden Anweisungen. Ich hielt mich etwas zurück und beobachtete wie die zwei Wächter, die Viktor zurückgelassen hatte, mit Verbänden angerannt kamen. Mir entging auch nicht, dass sich am Rand der Lichtung eine Traube Fel geformt hatte, die scherzten und Grimassen schnitten, anstatt zu helfen. Sie schienen das wirklich lustig zu finden. Zum Glück befand sich unter ihnen nicht Rajani.

Ich kehrte ihnen den Rücken und lief zu Janis, der ruhig auf den Verletzten einredete, während Ben ihn mit aller Kraft am Boden hielt. Der Junge schien so etwas wie eine Panikattacke zu haben, denn er war kaum ansprechbar und windete sich stöhnend hin und her. An seinem Hals klaffte eine Wunde.

»Kann ich ... etwas tun?«, fragte ich und wurde gleich darauf von Janis herangewunken.

»Halt ihn fest. Wir müssen die Blutung stillen. Sonst könnte er sterben.«

Mir wurde augenblicklich ganz anders. Janis sagte das so im Vorbeigehen, als würde das täglich vorkommen und mir war richtig mulmig, während ich mich zu Ben kniete und den Jungen festhielt, dessen Name ich nicht einmal kannte.

»Er bewegt sich zu viel«, sagte Ben und versuchte ihn noch stärker zu fixieren. Aus dem Hals des Jungen quoll unaufhörlich Blut und tränkte Tücher und Verbände in tiefes Rot.

»Vergesst ihn«, sagte eine kalte Stimme, die ich nur zu gut kannte. Zofia hockte zwischen Janis und Ben und ließ den Jungen einfach los. »Er war sowieso zu schwach.« Dann stand sie auf und ging.

»So ein Quatsch!«, rief ich ihr nach und lehnte mich halb auf den Jungen, damit Finn und Matteo ihn endlich verbinden konnten. »Wie ist sein Name?«

Janis sah mich kurz an. »Tom. Er heißt Tom.«, sagte er dann rasch und half mir.

»Halte durch, Tom. Wir helfen dir.«

Nach einer gefühlten Ewigkeit wurde Tom endlich ruhiger und der Verband hielt. Janis wies Ben an, ihn in die Krankenstation zu bringen - den Teil in der

Haupthütte, in dem ich ebenfalls schon mal gelegen hatte. Und endlich kehrte etwas Ruhe ein.

Erst als Ben wieder zurück war und sich alle wieder ihrem Training widmeten, wandte ich mich an Janis mit der Frage, die mir schon die ganze Zeit auf der Zunge gebrannt hatte.

»Was ist passiert?«

Doch Janis antwortete nicht. Er strich mir nur kurz über die Wange, bevor er ging. »Morgen.«

Morgen? Was sollte das bedeuten, *morgen*? Wieso sagte er es mir nicht jetzt gleich?

»Janis.«

»Denk nicht mal daran, die Entscheidungen des Alpha infrage zu stellen.« Zofia hatte sich mir in den Weg gestellt. Janis war mittlerweile schon zu weit entfernt, um ihn, ohne Aufsehen zu erregen, anzusprechen.

»Was ist passiert?«, fragte ich stattdessen Zofia, die mich noch immer voller Abscheu betrachtete. Doch auch sie schien kein Interesse daran zu haben, mich aufzuklären und lief einfach weiter. Hinter ihr drei Betas, die ziemlich finster dreinblickten. Alle liefen von mir fort, außer einem mir unbekannten jungen Mann, der direkt auf mich zusteuerte.

»Magdalena, richtig?«, fragte er mit auffällig leiser Stimme.

»Lena«, korrigierte ich ihn und überlegte, ob er ein Fel oder Can war. Seiner Körperhaltung nach zu urteilen konnte er beides sein. Er war ziemlich schlank, aber kräftig, mittelgroß und trug sein hellbraunes Haar zu einem strengen Zopf auf dem Hinterkopf.

»Folge mir.« Er wies in Richtung Hauptlager. »Viktor hat mich geschickt, dich zu unterrichten.«

Als er sagte, er würde mich unterrichten wollen, hatte ich erwartet, eine Menge Regeln zu hören, vielleicht ein paar Kampftechniken zu sehen. Doch der Unterricht stellte sich mal wieder als etwas ganz anderes heraus. Der junge Lehrer, den ich auf Mitte Zwanzig schätzte, hatte mir ohne ein Wort der Erklärung ein Seil in die Hand gedrückt und mich quer durch das Camp zu einem sehr breiten und hohen Baum geführt, der mir vorher noch gar nicht aufgefallen war.

»Worauf wartest du?«, fragte er und deutete auf den dicken Stamm, dessen Rinde wie drapierter Stoff Wellen schlug.

Ich sah kurz auf das Seil in meiner Hand.

»Ich soll …«

»Kletter rauf«, befahl er und hob auffordernd die Brauen.

Unschlüssig wie ich das bewerkstelligen sollte, besah ich mir den ersten Ast, der erst gut nach drei Metern Höhe vom Stamm abging und nicht mal annähernd eine geeignete Dicke aufwies, um sich daran emporzuziehen. Ich war zwar schon öfters auf Bäume geklettert, doch waren die ersten Astausläufer nie so hoch gewesen.

»Wie soll das gehen mit dem Seil?«, fragte ich den Lehrer, der mich gelangweilt musterte.

»Mach es ohne Seil, wenn du kannst«, war seine knappe Antwort.

»Das ist unmöglich.« Ich lief kurz um den kompletten Stamm herum, dabei mehrfach mit dem Kopf schüttelnd. »Ich kann mich nirgends festhalten.«

Der Lehrer zog einen ranzig wirkenden Notizblock aus der Hosentasche und notierte etwas, bevor er mir das Seil aus der Hand riss. Er führte mich als nächstes zu einer Grube, die ich als die Trainingsgrube identifizierte, in der mein Einstellungstest stattgefunden hatte.

»Spring hinüber.« Er hielt den Block gezückt und neigte den Kopf mit weit geöffneten Augen.

»Da soll ich rüber?«, fragte ich überflüssigerweise und sah mich bei dem Versuch schon auf dem Boden aufklatschen. Die Grube war sicher zehn Meter im Durchmesser, wenn nicht mehr. Kein Mensch konnte sie überspringen, nicht mal mit viel Anlauf.

»Das geht nicht«, erklärte ich mit gerunzelter Stirn, woraufhin der junge Mann erneut etwas notierte.

Er führte mich weiter zu einer seltsamen Allee. Bäume bildeten einen schmalen Pfad, dessen Ende weit in der Ferne lag. Ich konnte einige Hindernisse entdecken: Steine, Baumstämme und dergleichen, die geradezu nach Parcours-Lauf schrien.

»Lass mich raten, ich soll bis zum Ende laufen, in einer bestimmten Zeit«, kam ich ihm zuvor und wusste sehr wohl wie genervt ich klang.

»Kannst du das? Oder ist es wieder *nicht möglich*?« Er machte sich nicht die Mühe, seine Ablehnung zu verbergen.

»Klar kann ich das. Wie lange hab ich Zeit?« Ich legte die Jacke ab und krempelte die Ärmel meines Sweatshirts hoch.

»Zehn Sekunden.«

»Was?« Fassungslos sah ich den langen Gang entlang. Es trennten mich gute hundert Meter von der Ziellinie.

»Hin und zurück«, fügte er hinzu und zückte eine Stoppuhr.

»Das geht nicht!«, empörte ich mich und erhielt dafür einen finsteren Blick.

»Woher willst du das wissen? Du hast es nicht probiert.«

»Das muss ich gar nicht. Niemand rennt so schnell. Nicht mal Profi-Sprinter. Das ist vollkommen unmöglich!«

Mit einem genervten Seufzen überreichte er mir Seil, Notizblock und Stoppuhr. Dann prüfte er, ob seine Frisur saß, und machte ein paar Schritte auf der Stelle.

»Vergiss nicht, die Zeit zu stoppen«, ermahnte er mich und ging an den Start, der von einer Linie aus kleinen Steinen gebildet wurde, die in die Erde gedrückt worden waren. »Sag, wenn es losgeht.«

»Los!« Ich drückte auf den Startknopf und sah dabei für einen Moment auf die Uhr. Als ich wieder hochsah, war er längst weg. In der Ferne, ganz klein, bewegte sich etwas, das kurze Zeit später verschwunden war und dann wieder auftauchte und Stück für Stück größer wurde. Als hätte jemand den Beschleunigungs-Knopf gedrückt, raste der junge Lehrer auf mich zu und übersprang dabei alle Hindernisse, als wären sie nicht existent. Ich traute meinen Augen nicht, als ich auf die Stoppuhr sah. In dem Moment, wo er pfeilschnell an mir vorbei sauste, stoppte ich die Zeit. Das Display zeigte 7,378 Sekunden. Ich musste mir die Augen reiben, um ganz sicher zu gehen.

»D-Das ist … unmöglich«, entfuhr es mir.

»Das scheint dein Lieblingswort zu sein«, kommentierte er, als er kaum außer Atem zu mir zurückkam und mir seine Sachen wieder abnahm.

»Wie …?«

»Ich kann es dich lehren«, sagte er, sichtlich stolz mit sich.

Ich nickte erst und dann schüttelte ich den Kopf. Ich wollte unbedingt wissen, wie er das gemacht hatte. Gleichzeitig war ich so perplex darüber, dass ich mich kurz kneifen musste. Das konnte doch nicht real sein. Niemand, kein menschliches Wesen, konnte so schnell laufen. Es musste einen Trick geben.

»Was muss ich machen?«, fragte ich den jungen Lehrer.

»Es tun.«

Ich verkniff mir das Augenrollen und sah die Allee entlang. Wenig zuversichtlich stellte ich mich an den Start. Unwillkürlich erschienen Bilder des Schulsports in meinem Kopf. Der Moment, wenn die Klappe schloss und es Zeit war loszurennen. Ich war immer eine Sekunde zu spät gewesen - immer.

»Hör auf zu denken und renn. So schnell du kannst.«

Ich wusste, dass er mir helfen wollte. Irgendwie zumindest. Doch das half mir nicht. Ich wusste schon vorher, dass ich es niemals schaffen würde. Nicht mal in zwanzig Sekunden. Ein letzter Blick zurück zu ihm. Ein Nicken und ich rannte los. Ziellos, das Ende der Strecke in weiter Ferne, jagte ich durch den Wald, übersprang die Hürden, wie ich es im Schulsport gelernt hatte und sah nicht zurück. Der Weg kam mir unendlich lang vor, obwohl ich so schnell wie möglich rannte. Bäume zogen an mir vorbei, das Grün der Umgebung verwischte und mein Blick klebte an einer Markierung, die ich nur als roten Punkt wahrnahm. War das der Wendepunkt?

Meine Lungen brannten und mein Herz stolperte, als ich am Ende ankam. Gerade im Begriff umzudrehen tauchte plötzlich der Lehrer neben mir auf. Wie aus dem Nichts. Er sah auf seine Stoppuhr und schüttelte den Kopf.

»24,764 Sekunden«, offenbarte er und ich konnte die Enttäuschung von seinen Augen ablesen. Ich war zu langsam - viel zu langsam.

Außer Atem stützte ich mich mit den Händen auf den Knien ab. Ich hatte jetzt schon die Nase von diesem komischen Training voll und wollte gar nicht wissen, was er noch alles mit mir vorhatte.

»Und was jetzt?«, fragte ich ihn mit einem Seitenblick.

»Noch mal.«

Es war schon spät am Abend, als das Training endlich beendet war. Die Sonne schickte nur noch ein paar letzte Strahlen über das Land und leitete die Nacht ein. Ich war froh darüber, denn ich konnte keinen richtigen Schritt mehr tun.

Auf dem Weg zum Abendessen im Camp schwankte ich leicht hin und her. Meine Beine waren schlapp, meine Lungen pfiffen. Ich konnte im Nachhinein nicht mal mehr sagen, wie oft ich die Strecke noch gerannt war. Unzählige Male und die Zeit wurde immer schlechter. Mein Lehrer lief irgendwo hinter mir. Doch er interessierte mich wenig. Ich konnte ihn nicht leiden und er mich offensichtlich ebenso wenig.

Das Lagerfeuer war in Sicht und mit ihm auch alle anderen, die von unserer Ankunft kaum Notiz nahmen. Bis auf eine.

»Lena!« Rajani kam herbei geeilt und stürzte sich auf mich, als hätten wir uns wochenlang nicht gesehen.

Ich grüßte sie mit einem Nicken und versuchte dabei, nicht umzufallen. Sie hakte sich bei mir ein.

»Komm mit, es gibt Essen. Die Jungs haben ein paar echt leckere Fische aus dem Fluss gezogen.«

»Mmh«, kommentierte ich und rümpfte die Nase, als mir der stechende Geruch von gebratenem Fisch entgegenschleuderte. Ich war zwar furchtbar hungrig, doch nicht so sehr, dass ich alles essen konnte. Und bei Fisch hörte bei mir nun mal der Spaß auf.

»Guten Appetit. Wir sehen uns morgen.« Mit diesen Worten verabschiedete sich mein Lehrer und verschwand in einer der Hütten. Rajani sah ihm nach.

»Was hast du mit Zoltan gemacht, Lena? Er sieht nicht sehr glücklich aus.«

»Ich will nicht drüber reden,« murmelte ich.

Bei Rajani eingehakt, näherte ich mich dem knisternden Feuer. Ich steuerte den erstbesten Baumstamm an und ließ mich stöhnend darauf sinken.

Das warme Feuer brannte in meinem Gesicht, doch das störte mich nicht. Ich war so froh, endlich zu sitzen, dass mir alles andere egal war.

»Also, wie ist es gelaufen?«, versuchte Rajani wieder, das Gespräch fortzuführen. Ich sah schweigend auf die vielen Holzspieße, die aus der Erde ragten und an deren Ende kleine Fische aufgespießt waren. Allein der Geruch ekelte mich an. Doch bewegen wollte ich mich trotzdem nicht.

»Lena, sag schon. Wie war es?«

»Beschissen,« murmelte ich und hoffte, Rajani würde mich dieses eine Mal einfach in Ruhe lassen. Ich mochte sie sehr, doch gerade wollte ich mit niemandem reden.

Ich starrte in die Flammen und versuchte die Umgebung auszublenden. Ganz am Rande nahm ich wahr, dass sich die Plätze um uns füllten. Gespräche wurden begonnen, Späße gemacht und schmatzend gegessen.

Rajani versuchte noch ein paar Mal ein Gespräch mit mir anzufangen, doch ich ignorierte sie und jeden anderen, der mich ansprach. Solange, bis ich hungrig genug war, um Fisch zu essen, was ich in meinem vorherigen Leben nie gewesen war, egal wie geschickt Tante Rita den Fisch unter Gemüse und Sahnesoßen versteckt hatte.

Die orangefarbenen Flammen, die glühend um das schwarze Holz herumtanzten, hatten etwas ungemein Beruhigendes an sich. Beinahe schon Hypnotisches.

»Was will *sie* hier?«, hörte ich einen Jungen reden.

»Ja genau. Sie gehört hier nicht her«, stimmte ein anderer ein und mit ihm noch viele andere.

»Sie hatte einen anstrengenden Tag. Lasst sie einfach in Ruhe«, verteidigte Rajani mich.

»Die scheint ein Problem zu haben.«

»Guck nur, sie bewegt sich gar nicht.«

Ich war gut darin, andere Menschen auszublenden und mit meiner jahrelangen Erfahrung in der Schule auch geübt. Somit konnte ich einfach weiterhin sitzen bleiben und ins Feuer sehen, während sich der Rest um mich das Maul zerriss.

»Lena?« Rajanis Stimme klang plötzlich sehr laut. Ihr kühler Atem kitzelte in meiner Ohrmuschel. »Lena, du machst mir Angst. Sag bitte was. Bist du krank? Soll ich Hilfe holen?«

Ich atmete tief ein und aus, bevor ich mich ihr langsam zuwandte.

»Alles gut. Ich will nur nicht reden.«

»Dann stör ich dich nicht weiter.« Sie rückte ab und setzte sich zu einer Gruppe Jungs, die in ein anregendes Gespräch vertieft waren.

Erst jetzt bemerkte ich, dass ich auf der anderen Seite des Lagerfeuers saß - bei den Fel. Langsam ließ ich den Blick kreisen und studierte ihre Gesichter. Sie waren alle mit sich, ihren Nachbarn und ihrem Essen beschäftigt. Niemand schien sich mehr an meiner Anwesenheit zu stören.

Bis auf einen. Mir gegenüber, durch die flirrende Hitze ganz verzerrt, beobachtete mich ein Junge, der komplett in schwarz gekleidet war. Unter seiner Kapuze ragten dichte schwarze Haare hervor. Mit seinen stechend grünen Augen starrte er mich an. Es war mir unangenehm.

Ich sah kurz zu den Can hinüber, die ebenfalls mit sich beschäftigt waren. Nur Zofia und Matteo schienen mich zu beobachten, denn ihre Augen huschten immer wieder zu mir hinüber.

Ich senkte den Blick zurück in die Flammen und kaute auf dem kleinen gegrillten Fisch herum, der gar nicht so schlecht schmeckte.

Mit der Zeit wurde es lichter am Feuer. Immer mehr Schüler beider Gruppen verabschiedeten sich, um in ihre Hütten zu gehen. Ich blieb noch etwas länger und sah dem Feuer dabei zu, wie es herunterbrannte. Stück für Stück verzehrte es das Holz und wurde immer kleiner, bis nur noch ein bisschen Glut übrig war.

Ein Blick nach oben zeigte mir, dass es bereits finstere Nacht war. Es war so dunkel, dass ich kaum mehr als Schattenrisse erkennen konnte. Um die Feuerstelle herum saßen nur noch eine Handvoll Leute und kein Fel war mehr unter ihnen. Nur noch ein paar Can, die in meine Richtung sahen. Durch die Dunkelheit konnte ich keine Gesichter mehr erkennen, aber ich wusste, dass sie auf dem Baumstamm der Betas saßen, also konnten es nur Betas sein.

Ein kalter Windhauch entfachte die Glut ein letztes Mal, bevor sie von einem Haufen Sand erstickt wurde, den einer von ihnen über sie streute. Schlagartig war es komplett dunkel.

Ohne es steuern zu können, spitzte ich die Ohren, lauschte jedem noch so kleinen Geräusch. Die anderen Can standen plötzlich auf und umrundeten mich. Ich konnte ihre Anwesenheit in meinem Rücken spüren, sah ihre schattenhaften Gestalten im Augenwinkel und vernahm das Knacken der Äste unter ihren Füßen.

Dann ein Knurren.

Ich spannte meinen ganzen Körper an. Die Kälte kroch in jede Ritze meiner Kleidung und hinterließ einen Schauer.

Ruhig Lena, ganz ruhig, sagte ich mir in Gedanken und hoffte, sie würden einfach gehen.

Doch das taten sie nicht. Sie kamen näher, schnitten mir alle Fluchtwege ab. Vor mir, die Stiefel in der noch warmen Glut, erschien eine schlanke Gestalt. Ich musste kein Hellseher sein, um zu wissen, dass das nur Zofia sein konnte.

»Na, ganz allein?«, schnurrte sie boshaft und kam noch näher. Die anderen schlossen den Kreis um mich.

»Riecht ihr das?«, wandte sie sich an ihre Mitstreiter.

Unwillkürlich legte ich die Arme um meinen Körper. Ich wusste, dass es kein guter Zeitpunkt war, um Angst zu bekommen.

»Sie stinkt nach Katze«, antwortete ein Junge mit tiefer Stimme.

»Seltsam, oder? Dabei ist sie doch gar keine Katze.«

Ich schluckte schwer. Zofias Stimme hatte eine andere Klangfarbe angenommen: spitzer, schneidender.

»Wie kann das sein? Meint ihr, sie schämt sich für uns?«

»Sie weiß nicht, wo ihr Platz ist«, knurrte ein anderer.

Ein weiterer Schauer lief mir über den Rücken. Alle noch so kleinen Härchen auf meinem Körper standen ab, doch nicht vor Kälte.

»Dann sollten wir es sie lehren, Jungs.« Zofia beugte sich nach vorne, so dass sie mir ins Gesicht stieren konnte. »Das Fuchsmädchen scheint nichts von Regeln zu halten.«

Nur mit Mühe konnte ich ihrem Blick standhalten. Ich wusste, dass ich keine Schwäche zeigen durfte. Das würde alles nur noch schlimmer machen.

»Na mach schon, verwandel dich und lauf weg.«

Plötzlich eine Hand auf meiner Schulter. Ich schreckte hoch und stand auf wackligen Beinen. Die Can waren so dicht, dass ich ihren Atem auf meiner Haut spüren konnte. Zofia war auf einmal so nahe und bedrohlich, dass ich die Angst nicht mehr zurückhalten konnte. Meine Knie schlotterten, meine Unterlippe bebte. Ich wollte nur noch weg. Aber ich konnte nicht.

»Mach schon!«, zischte Zofia und starrte mich aus großen Augen an. »Na los, verwandel dich. Los doch. Los!« Sie schubste mich und ich wurde nach hinten zu den anderen gedrückt, die mich wieder nach vorne schleuderten. Zofia piesackte mich weiter und wurde dabei immer schneller. Die Furcht nahm überhand und ich sah nur noch dunkle Schleier. Mein Herz raste, mein Atemrhythmus hatte sich verdoppelt. Aus meinen Fingern bohrten sich schon die Krallen.

Schlagartig hörte ich hundertmal besser.

»Hört auf ...«

Zofia pausierte tatsächlich und griff dann grob in meine Haare.

»Was hast du gesagt? Wir haben dich nicht verstanden.«

»Aufhören ... bitte.« Ich unterdrückte die Tränen, die bereits in meinen Augen brannten.

»Sie will, dass wir aufhören, Jungs. Habt ihr das gehört?«

Die anderen lachten finster. Dann packte Zofia mein Kinn und riss es nach oben, so dass ich sie ansehen musste.

»Hör mir gut zu, Füchschen, du hast dir heute einen Fehler erlaubt, der nicht zu verzeihen ist.«

Ich wusste, worauf sie anspielte. Ich hatte es gewagt, mich zu den Fel zu setzen. Wie konnte ich nur? Das war Verrat!

»Und dafür erhältst du jetzt deine Strafe.«

Sie fuhr fort mich zu schubsen und ich wusste, dass ich selbst mit betteln und flehen nicht weit kommen würde. Sie wollte mich bestrafen und ich konnte nichts dagegen tun.

»Na los, verwandel dich, wenn du kannst. Lauf weg! Ich werde dich trotzdem finden, egal wo du bist!«

Da mochte sie recht haben, dennoch wollte ich den Fuchs in mir nicht gewinnen lassen. Die letzten beiden Male, als er erschienen war, war ich danach ohnmächtig geworden. Wer weiß, was Zofia und ihre Lakaien mit mir vorhatten? Ich durfte das nicht zulassen. Ich musste wach bleiben und es aushalten.

Die ganze Prozedur ging noch minutenlang so weiter und mit der Zeit schärfte sich auch der Rest meiner Sinne. Ich glitt immer mehr in einen seltsamen Zustand über, halb Mensch, halb Tier.

»Genau so«, triumphierte Zofia bald und lachte finster.

Ich spürte den Drang, sie anzugreifen in mir und war erschrocken darüber, wie viel Zorn ich spürte. Ich wollte sie beißen, kratzen und ihr ein Stück Fleisch aus der Brust reißen.

Erschrocken riss ich die Augen auf, kehrte zurück in einen wacheren Zustand und kämpfte mit aller Kraft gegen das Tier in mir an.

»Nein. Unmöglich!« Zofia schleuderte die anderen Jungs plötzlich fort. »Niemand kann so lange standhalten! Ich werde dir zeigen, was Angst bedeutet.«

Mit einem bedrohlichen Knurren, das sich mehr wie ein Gurgeln anhörte, stürzte sie sich auf mich. Auf dem Weg zum Boden verwandelte sie sich in den braunen, zotteligen Wolf aus der Grube. Mit aufgerissenem Maul und hervorstechenden Augen brüllte sie mir ins Gesicht, nur Millimeter von meiner Nase entfernt. Ich bekam Panik.

Dann passierte es doch. Ich verwandelte mich.

Aus meiner Kehle drang ein kreischender Laut, der

sehr viel lauter war, als alles, was ich je von mir gegeben hatte. Zofia war einen Moment unachtsam und ich stand unter ihr auf und hechtete davon, tief hinein ins Dunkel des Waldes.

Ich rannte so schnell mich meine Pfoten tragen konnten, lief im Zickzack um Bäume herum. Etwas jagte mir nach, hechtend, springend, viel schneller als ich.

Ich lief hinter einen breiten Baum und spähte zurück. Doch der Feind war direkt hinter mir. Ich konnte gerade noch so das Glühen von Augen wahrnehmen, da traf mich etwas am Hinterkopf. Taumelnd ging ich zu Boden. Ich hatte verloren.

Fortsetzung folgt ...

Fan werden und keine Episode verpassen!

www.facebook.com/amberauburn.autorin
Mail: amber.auburn@gmx.de

Und so geht es weiter:

Episode 3 - Pantherherz

Was ist im Wald passiert?

Wie wird es mit Lena und Janis weitergehen?

Und wird es Lena endlich gelingen ihren Platz im Rudel zu finden?

Das alles und noch mehr erfährst du in der nächsten Episode der Academy of Shapeshifters-Serie.

30799733R00052

Printed in Poland
by Amazon Fulfillment
Poland Sp. z o.o., Wrocław